Create Dangerously

地震以前の私たち、
地震以後の私たち

それぞれの記憶よ、語れ

エドウィージ・ダンティカ

佐川愛子訳

作品社

地震以前の私たち、地震以後の私たち

それぞれの記憶よ、語れ

日本の読者のための序文

ギリシャ神話において、人間であるシシュポスは、神々より、巨大な岩を山頂まで押し上げるという終わりのない罰を下されます。岩は、彼が押し上げても押し上げても、転がり落ちます。岩が転がり落ちるたびに、彼はまたそれを押し上げるのですが、彼が抱く一縷《いちる》の望みは、これがもう最後であってほしい、ということです。この苦役は、彼が神々に反抗し、自らの命と運命を神々のそれと同等だと思いなしたことに対する罰でした。

何十年もの闘いの末に、スペイン人によって絶滅させられた先住民であるタイノ族から、奴隷の身でありながらフランス軍を打ち負かし、世界初の黒人共和国を樹立したものの、世界中の嘲笑の的となったアフリカ人まで。さらに、現在テント村に住む何百万という人びと――この国が見舞われた史上最悪の自然災害を生き延びた人びと――に至るまで、ハイチ人はシシュポスの苦役のみならず、さらに多くの困難を背負っています。

ハイチのシシュポスは、悲しみにうちひしがれた父親です。彼は、地震の何日もあとに、自宅の残骸の前に立ち尽くしています。そこではまだ、がれきの中に息子の遺体が埋まっているのです。彼は、リポーターの持つビデオカメラに向かって、米国に住むもう一人の息子に話しかけます。「ギブソンがまだがれきの中にいるのに、わたしたちには何もできないんだ」

私の友人で、芸術家のジョン・チャールズもまた、ハイチのシシュポスのひとりです。彼は、地震のあとに、こう言って私を元気づけてくれました。ハイチの画家たちは、パブロ・ピカソの「ゲルニカ」のような絵を描いて、ハイチの人びとが失ったものを、感動的に力強く世界に示すだろう、と。ダニエル・モレルもまた、シシュポスのひとりです。彼は、この本の冒頭に記される処刑の場にも、この本の末尾に描かれる地震の場にも居合わせたのですが、今でもまだ、写真を撮り続けることで、私たちの生まれ故郷の美しさと悲しみを伝え続けています。

私たちはまた、シシュポスを罰する者たちにも出会います。ハイチの歴史には、何十年にもわたって国を暗黒の中に留めた独裁者であるデュヴァリエ父子二代をはじめとして、常にそうした者たちがいました。でも、本書は、彼らについてよりも、想像を絶するほどの苦境を生き抜いた者たち、そうした状況の下で芸術作品——書かれたもの、語られたもの、そして視覚的なもの——を生み出してきた創造者・芸術家たちについて、語っています。読者は、私の国の人びとが詠《うた》う詩の、長く余韻をひく嘆きや悲しみの中に、彼らの打つ太鼓の、いつまでも続く響きの中に、彼らの描く絵の、はっとするような色と形の中に、希望と危機的な状況の両方を聞きとることができます。読者は、その両方を、私たちの無数の死者たちの、墓を飾る金属の十字架や花の中に見ることができます。私たちの目の前でダンスをしている神々——ロアたち——を映す私たちの瞳に、それらを垣間見ることができます。

本書は――私は、多くの日本の読者の方々が、私たちの間に横たわる地理的な距離とはかかわりなく、この本に共感してくださるだろうと確信しています――いま徐々に展開しつつある物語の第一草稿です。私たちが、がれきを片づけ、それぞれがそれぞれのやり方で前進していくために、その意味と意義を測り知ろうとしているいま、目をつぶってこの物語を見ないようにするわけにはいかないのです。芸術家にとっていちばんふさわしいのは、初期のこの、まだ整理も処理もされていない事実がそのままになっている場所なのでしょう。そして、私たちの受けた傷が――まるで昨日起こったことであるかのように、毎日起こっていることであるかのように――まだむき出しでひりひり痛み、どういうふうにも解釈できるような、不確かな時なのでしょう。

フランス領アルジェリア出身の作家アルベール・カミュは――私は、彼の作品から本書のタイトル〔原題『危険を冒して創作せよ』〕を借りていますが――スウェーデンにあるアプサラ大学で一九五七年十二月に行なった最終講義で言いました。「今日、創造することとは、危険を冒して創造することです。出版とは一つの行為であって、その行為は、作者を、なにものをも容赦しない時代の熱情に曝《さら》すのです。それゆえ、問題は、このことがはたして芸術に不利となるのかどうかを知ることではありません。芸術と、芸術が意味するところのものがなくては生きていけないすべての人にとっての問題は、ただ一つ、創造に特有の自由が……いかに可能となるのかを見つけることです」。これが、本書の主題です。みなさんが本書を楽しんでくださることを願います。ですが、私のいちばんの望みは、みなさんがこの本に心を動かされ、背中を押されて、みなさん自身の物語について考え、それを語ってくださることです。危険を冒して、ではなくとも、みなさんにできる方法で。

心をこめて、

エドウィージ・ダンティカ

二十万人以上が

これは、過去形で書かれた、始まりの物語だ。だが、これらの詠唱は追悼の詩ではない。あの最初の創造の、現代における一つひとつの再現を祝う詩として聴いてもよいのだ。

——マヤ・デレン『神の騎手たち——生きているハイチの神々』

第一章
危険を冒して創作せよ——創作する移民芸術家

見世物にされた処刑

一九六四年十一月十二日、ハイチのポルトープランスに、死刑執行を見ようと大勢の人が集まった。当時のハイチ大統領は独裁者〝パパ・ドック〟デュヴァリエで、十五年にわたる支配の七年目に入ったところだった。死刑執行の日、何百人という職員に、庁舎を閉め、一般群集に混じって見物せよと彼は命じた。学校も休校とし、校長たちは、生徒たちを連れてくるようにと命令された。首都の外からも、何百人という人々がバスで連れてこられた。

その日処刑されることになっていた二人の男性は、マルセル・ヌマとルイ・ドロアンだった。マルセル・ヌマは、背が高く、黒い肌の二十一歳の若者だった。しばしば「詩人の都市」と呼ばれていた、ハイチ南部の美しい町ジェレミのコーヒー農園一家の出で、ニューヨークのブロンクス・マーチャント・アカデミーで工学技術を学び、アメリカの海運業社で働いていた。

ミロとあだ名されていたルイ・ドロアンは、三十一歳の、それほど肌の黒くない若者で、やはりジェレミの出身だった。彼はアメリカで――最初フォートノックスで、それからニュージャージー州のフォートディックスで――軍役に就いていたことがあり、その後、金融について学び、ニューヨークで、フランスやスイスやアメリカ資本の銀行に勤めた。ヌマとドロアンは、ジェレミの町の幼なじみだった。

二人とも一九五〇年代にフランソワ・デュヴァリエが権力を握ったあとニューヨークに移住し、その後も友人であり続けた。ニューヨークで彼らは、ジュヌ・アイティ（若いハイチ）というグループに加わった。そして二人とも、デュヴァリエ独裁政権を倒すべくゲリラ戦を行なうために、一九六四年にアメリカからハイチに向かった十三人に含まれていた。

ジュヌ・アイティの男たちは、ハイチ南部の丘や山のなかで三カ月間戦った末、ほとんどは戦闘によって命を落とした。マルセル・ヌマは、農夫の恰好をして市場で食料を買っているところをデュヴァリエ軍の兵士に捕まった。ルイ・ドロアンは、戦闘で負傷し、森のなかで友人たちに自分を置いて先に進んでくれと頼んだ。

「われわれの方針では、私はあの状況で自決すべきだった」とドロアンは秘密軍事裁判の最終陳述で明言したと伝えられている。「チャンドラーとゲルデス（ともにジュヌ・アイティのメンバー）

は負傷していた。……チャンドラーは……自分を殺してくれと親友に頼んだ。ゲルデスは、箱に入った弾薬とすべての文書を処分してから、自殺した。でも、私はそれには心を動かされなかった。私が行動を起こしたのは、食料と、海路での逃亡手段がないか探しに遣られていたマルセル・ヌマが消えたあとだった。私たちは非常に親しい友人で、互いの両親も友人同士だった」

何カ月もジゥヌ・アイティの男たちを捕らえようとやっきになり、メンバーの親族を何百人も投獄し、殺害した挙句、〝パパ・ドック〟デュヴァリエは、ヌマとドロアンの処刑を大掛かりな見世物に仕立て上げたいと考えた。

そこで、一九六四年十一月十二日、国立共同墓地の外側に二本の松材のポールが立てられた。嫌でもそこから逃れることのできない見物人たちが集まった。ラジオ、新聞、テレビのジャーナリストたちが呼び集められた。ヌマとドロアンは、古い白黒フィルムの画面で見るかぎり、捕らえられたときに着ていた服をそのまま着ているようだ。ドロアンはカーキ色の軍服で、ヌマは質素な白いシャツにデニムのように見えるパンツだ。二人は、集まった群集の端から二本のポールへと歩かされる。彼らは、サングラスをかけ民間人の服装をしたデュヴァリエの取り巻き私兵トントン・マクートの二人によって、後ろ手に縛られる。トントン・マクートはそれから二人の上腕にロープを回し、ポールに縛りつけてまっすぐに立った姿勢に固定する。

二人のうち、背が高くやせているほうのヌマは、こちらに横顔を向けて、後ろの角材にほとんど寄りかからずに直立している。眉毛のラインに沿った眼鏡をかけたドロアンは、自らの最期の瞬間を撮影するカメラを見下ろしている。ポールに縛りつけられ、わずかにもたれかかって立つ彼は、涙をこらえているように見える。その腕はヌマの腕より短く、ロープは彼のほうがゆるく巻かれているように見える。ヌマはまっすぐ前を見ているが、ドロアンはときどき頭を反らせてポールにもたせかける。

私が持っているフィルムのコピーは時間がわずかに圧縮されていて、画像が飛ぶ箇所がある。音声はない。人垣は、縛りつけられたヌマとドロアンの背後にあるセメント塀のずっと向こうまで延びている。わきのほうにはバルコニーがあり、学童たちでいっぱいだ。学童たちや他の人びとが動き回っている間に、いくらかの時が経過しているようだ。兵士たちは、銃を持つ手を換える。見物人のなかには、両手を額にかかげて日差しを遮っている者がいる。低い石壁の上にぼんやり座っている者もいる。

長い式服を着た若い白人の司祭が、祈禱書を手に人波をわけてやってくる。どうやら皆、彼を待っていたようだ。司祭は二言三言、ドロアンに声をかける。ドロアンは体を伸ばし、挑戦的な姿勢をとる。司祭は、ヌマにはもう少し時間をかけて話をする。ヌマは司祭の言葉を聞きながら、頭をちょっと動かしてうなずく。もしもこれがヌマの終油の秘跡なら、短縮版といったところだ。

司祭が再びドロアンのところへ戻ると、無地の服を着たがっしりしたマクートと、制服を着た二人の警官がそこへ来て、司祭がドロアンにかけている言葉を聞こうと、前かがみになる。彼らは皆、ドロアンに目隠しか何か顔を覆うものを差し出していて、ドロアンがそれを拒んでいるのかもしれない。彼は、まるで、さっさと終わりにしてしまおう、とでも言うかのように首を振る。二人とも、目隠しもフードもかけられない。

銃殺隊は、カーキ色の軍服にヘルメット姿の七人だが、両腕を横いっぱいに伸ばす。伸ばした指先を互いの肩に触れ、間隔を定めて位置につく。警官と軍人たちが、群集を後ろに下げる。おそらく、跳ね返った弾に当たらないように、ということだろう。銃殺隊員らはそれぞれのスプリングフィールド銃を取り上げ、銃弾を装塡し、肩にかまえる。画面からはずれたところで誰かが多分「撃て！」と叫んだのだろう、彼らは発砲する。ヌマとドロアンの頭は同時に、横にだらりと垂れる。弾丸は確かに命中したのだ。

二人の体がポールを背にずり落ちると、ヌマの両腕は肩のわずかに上のところでとまり、ドロアンのは肩の下までさがる。垂れていた彼らの頭は、ひざをついた姿勢の上でまっすぐの位置に戻る。迷彩服の兵士が二人のところまで歩いていき、最後の情けの一撃を撃ち込む。彼らの頭は前方にがっくりと落ち、体はさらにポールの根本までずり落ちる。ヌマの口から血が溢れ出る。ドロアンの眼鏡が地面に落ちる。ほとばしった血と飛び散った脳の破片が、ひび割れたレンズにまだらの模様をつけている。

翌日、全国紙の「ル・マタン」は、茫然自失の表情を浮かべた群集を「熱狂し、愛国心に高揚する興奮を共有しつつ互いに言葉を交わし、無謀な冒険主義と山賊行為を呪った」と描写した。

「先週ポルトープランスに出回った政府発行の論説の主張は、明白だ」とアメリカのニュース週刊誌「タイム」の一九六四年十一月二十七日号は報じた。「『ドクター・フランソワ・デュヴァリエは、彼のこの上なく神聖なる使命を果たすであろう。抵抗の試みを、彼はこれまで打ち砕いてきたし、これからも常に打ち砕くであろう。裏切り者どもよ、熟考せよ。これが、おまえたちやおまえたちの同類を待ち受ける運命だ』」

創造神話——流罪か、極刑か

すべての芸術家は、小説家も含めて、自分から離れずつきまとって悩ます（創造神話といってもよいかもしれない）いくつかの物語を持っている。私のそんな物語の一つがこれだ。私は、最初にこの話を聞いたのがいつだったか覚えてさえいない。生まれたときからずっと知っていたような気さえする。そして、年を重ねながら、写真や新聞・雑誌の記事や本や映像フィルムから、好奇心に駆られて、話の詳細な部分を補ってきた。

多くの創造神話と同様に、マルセル・ヌマとルイ・ドロアンの処刑は、生と死との、そしてまた祖国での暮らしと亡命生活との胸を裂かれるようなぶつかり合いの物語であると同時に、権力者からの命令に対する不服従と、その結果としての残虐な処罰の物語でもある。私たちの持つ世界最大の創造神話を振り返ってみるなら、最初の人びとであるアダムとイヴは、混沌から彼らを創った権威ある者に従わず、世界でもっとも求めるに値するにちがいないリンゴを食べるなという神の命令を無視した。アダムとイヴはそれが故にエデンの園から追放され、そこから、タイムレコーダーで打刻する義務から長く苦しい時間をかけての出産にいたるまで、あらゆることが生じた。

アダムとイヴに与えられた命令は、リンゴを食べるなというものだった。彼らが受けた最終的な罰は、楽園からの追放、すなわち流罪だった。われわれ物語作家たちは、アダムとイヴに処刑ではなく追放が選ばれたことに感謝すべきだ。というのは、もしも彼らが処刑されていたら、もう一つ別の物語が語られることはなく、次代に伝えていく物語もなかっただろうから。

戯曲『カリギュラ』のなかでアルベール・カミュは（このエッセイ集のタイトルの一部を、私は彼から借りている）、第三代ローマ帝国皇帝カリギュラに、国外追放されようが処刑されようが違いはない、と断言させているが、カリギュラに選択権があるのはきわめて重要だ。処刑される前でさえ、マルセル・ヌマとルイ・ドロアンはすでに国外追放されていた。一九五七年に〝パパ・ドック〟デュヴァリエが政権の座に就き、ただちに、詩人の都市やその他の都市で彼を誹謗する者と彼に抵抗する者を残らず捕らえることを目標と定めたときに、まだ年若かった彼らは両親とともにハイチから逃げていた。

マルセル・ヌマとルイ・ドロアンはアメリカで新しい生活を切り拓いて、創造的な若い移民となっていた。軍隊と金融業界での経験に加えて、ルイ・ドロアンはよい書き手でもあり、ジュヌ・アイティの通信責任者だったと言われている。アメリカでは、彼は「ランビ」という政治雑誌に寄稿していた。マルセル・ヌマは作家の家系の出だった。彼の身内の一人であるノノ・ヌマは、十七世紀フランスの劇作家ピエール・コルネイユの『ル・シッド』を、ハイチに舞台を移して翻案した男だ。ジゥヌ・アイティを結成するためにヌマとドロアンが手を組んだ若者の多くは、父親を〝パパ・ドック〟デュヴァリエに殺されて、ル・シッドやハムレットのように、仇を討つために祖国に戻ったのだった。

ほとんどの創造神話のように、この創造神話もまた私自身の生を超えたところにある。だが、それでも、その神話は今もまだ私のもとに在ると感じられるし、切迫性をもってさえいる。マルセル・ヌマとルイ・ドロアンは、他のハイチの人びとが生きるために死んだ愛国者だった。彼らはまた移民でもあった。私のように。それでも、彼らはアメリカでの心地よい生活を捨て、祖国のために自らを犠牲にした。独裁君主デュヴァリエが最初に彼らから奪おうとしたのは、彼らの物語のうちの神話的要素だった。彼らの処刑に先立って展開されたプロパガンダのなかで、デュヴァリエは彼らをハイチ人ではなく、他国の反逆者、ろくでなしの「白人」と呼んだ。

マルセル・ヌマとルイ・ドロアンの処刑のとき、結婚したばかりで二十九歳だった私の両親は、あの墓地から歩いて三十分ほどの、ベレアと呼ばれる町に住んでいた。ベレアには、政府が後援するコミュニティセンター、サントル・デチュドがあり、そこへは若い男女——といってもほとんどが若い男——が夜になると、家に電気がない場合は特に、勉強をしにきていた。これらの若い人びと――私の両親ではなく、センターで勉強していた人たち――の何人かはブッククラブに、つまりフランス協会《アリアーンス・フランセーズ》がスポンサーをしている読書グループに属していた。この読書クラブは、ル・クラブ・ドゥ・ボン・ニュムール、つまり「上機嫌クラブ」と呼ばれていた。ちょうどそのころこのル・クラブ・ドゥ・ボン・ニュムールではカミュの『カリギュラ』を、なんとか上演することを目的に、読んでいた。

カミュが描くカリギュラの人生のなかで、カリギュラの愛人でもあった妹が死ぬと、彼は怒りを爆発させ、ゆっくりと崩壊していく。この戯曲の英訳版への序文で、カミュは書いた。「この四幕劇のなかのどこを探しても、哲学はみつからない。故意にショックを与えるような芸術を、私は評価しない。そのような芸術には、受け手を心底納得させることはできないからだ」

マルセル・ヌマとルイ・ドロアンの処刑のあと、映画館や国営テレビ放送で彼らの死の様子がくり返し流されるなかで、ル・クラブ・ドゥ・ボン・ニュムールの男女たちは、他のハイチの人びとと同様に、納得させてくれる芸術を切実に求めていた。彼らには、自分たちはヌマとドロアンのようには死なないと確信させてくれる芸術が必要だった。言葉はまだ話され得ると、物語はまだ語られ、受け継がれ得ると、確信する必要があった。そこで、私の父がよく言っていたように、これらの若者は白い布をトーガに見立てて身にまとい、カミュの劇を上演しようとした。静かに、静かに、彼らの家々で。そしてそこで、彼らはこんな台詞《せりふ》をささやいた。

処刑は、苦痛を和《やわ》らげ解放する。それは普遍の強壮薬であって、教訓としても事実としても正しい。人は有罪であるゆえに死ぬのである。人はカリギュラの臣下であるがゆえに有罪なのである。ゆえにすべての人間は有罪であり、死ぬであろう。それは単に、時間と忍耐の問題なのだ。

この作品や、その他の戯曲のひそかな上演や、秘密裡に行われる文学作品の朗読の伝統は非常に根強いもので、〝パパ・ドック〟デュヴァリエの死後も何年間も、ベレアで政治的な殺人が起こるたびに、私が人生の最初の十二年間を過ごした地域の若い野心に燃える知識人の誰かが必ず、これを劇にして上演すべきだと言いだすのだった。そして、私の人生の最初の十二年間のうちの三分の二の期間、私の両親がニューヨークにいる間に私を育ててくれた伯父はベレアで牧師をしていて、教会と学校を持っており、教会の裏庭には何かのときに使えるスペースがあったので、これらの戯曲のいくつかが、そこで、静かに静かに朗読され上演された。

この物語は、国じゅうで何度も何度もくり返されてきた。読書クラブや演劇クラブは、政府転覆の目的を秘めた文学作品をひそかに読み継ぎ、家庭では家じゅうの本を、無害に見えるかもしれないが容易に彼らを裏切りかねない本を、焼くことまではせずとも埋めて隠してしまった。不適切な題名のついた小説。正しい題名と意図をもった論文。口にしたら、書いたら、読んだら、死をもたらしかねない一連の言葉。これらの言葉は、マリ・ヴュ＝ショヴェやルネ・デペストルのようなハイチ作家によって書かれた。また、エメ・セゼール、フランツ・ファノン、アルベール・カミュといった外国作家や白人《ブラン》の作家によって書かれた。これらの作家たちは、ハイチ人ではないかすでに死んで久しいかで、危害を加えられる気遣いはなかった。死んでいれば国外追放を免れるということが――例えば『喜劇役者』を書いたあとでハイチから締め出されたイギリス作家グレアム・グリーンとは違って――「古典」作家たちを余計に魅力的にした。ハイチの国民とは違い、これらの作家たちは、自らが拷問を受けたり殺されたりすることはなく、家族を、拷問を受けたり殺されたりするような目に遭わせることもなかった。そして、〝パパ・ドック〟デュヴァリエには、どんなに頑張ったところで、彼らの言葉を追い払うことはできなかった。彼らの格言や寸言は何度でも戻ってきて、ハイチの学校制度が非常によく教えてきた機械的暗唱法によって、記憶の奥深くに埋め込まれた。まだハイチに留まっている、まだ追放されたり殺されたりしていない作家たちは、自由に演じたり自身の言葉を公然と印刷したりすることはできなかったから、彼らの多くはギリシャ人に助けを求めた、あるいはギリシャへと回帰した。

道路で血を流している死体を拾い上げる行為が犯罪だったとき、ハイチの作家は読者に、ソフォクレスの『オイディプス王』と『アンチゴネ』を読ませた。これらは、劇作家フランク・フォシエと詩人フェリックス・モリソー・リロイによって、舞台をハイチに移してクレオール語で書き直されていたのだ。この作家たちは、ここで賭けに出たのであり、沈黙と芸術とを危険なバランスで両立させたのだった。

このように危険な状況で、作家と読者はどのようにして互いを見つけるのだろう？　このような状況の下で読むことは、書くことと同様に、命令に対する不服従であり、そこで、われわれのイヴである読者は、そのリンゴを食べることがもたらすであろう結果をすでに知っていながら、それでもとにかく勇敢にかじりつくのだ。

その読者は、この一口をかじる、つまりその本を開く勇気をどのようにして見つけるのだろう？　逮捕の、処刑の、あとで？　もちろんその人は、他の読者たちの声を抑えたコーラスの力のなかにそれを見つけるのかもしれない。でも彼女はまたそれを、まず始めに前に進み出た、書いた、あるいは書き直した作家の勇気のなかにも見つけることができる。

危険を冒して創作せよ

危険を冒して創作する、危険を冒して読む人びとのために。これが、作家であることの意味だと私が常々思ってきたことだ。自分の言葉がたとえどんなに取るに足らないものに思えても、いつか、どこかで、だれかが命を賭けて読んでくれるかもしれないと頭のどこかで信じて、書くこと。私の祖国と私の歴史――私は人生の最初の十二年をパパ・ドックとその息子ジャン＝クロードの独裁の下で生きた――から、私はこれを、すべての作家たちを一つに結びつける行動原理だとずっと考えてきた。他にもいろいろあるが、とりわけこれが、アルベール・カミュとソフォクレスをトニ・モリスン、アリス・ウォーカー、オシップ・マンデリシュタームへ、ラルフ・ウォルドー・エマソンをラルフ・ウォルドー・エリスンへと繋ぐものかもしれない。もし今でなくとも何年も先の、これからもまだ夢見なければならぬであろう未来に、どこかでだれかが命の危険を冒して私たちの作品を読むかもしれない。たとえ今でなくとも、何年も先の将来に、私たちはどこかでまただれかの命を救うかもしれない。なぜなら、彼らが私たちに、私たちを彼らの文化の名誉市民とするパスポートを与えてくれているから。

以上の理由で私は、『露を壊す者《ザ・デュー・ブレイカー》』という作品を書いたときに、「ロシアにおいてのみ詩は尊敬されている――すなわち人は詩のために殺されるのだ」と言ったことでよく知られるオシップ・マンデリシュタームの詩からの引用を題辞に使った。『露を壊す者《ザ・デュー・ブレイカー》』は、デュヴァリエ時代の拷問者についての話で、物語の一部は、ヌマとドロアンの処刑後の時期に設定されている。私が使った引用とは、これだ。

> おそらくこれは狂気の始まりなのだ……
> このように言う私を許してください。
> 読んでください……静かに、静かに。

危険を冒して創作するということが何を意味するかについては、多くの解釈が可能だが、アルベール・カミュは、詩人オシップ・マンデリシュタームと同じように説明している。それは、沈黙に対する反抗としての創作なのだと。創作することとそれを受け取ることの両方が、書くことと読むことの両方が、危険な行為であり、かつ命令への不服従であるときに創作することを指しているのだ、と。

私には、自分の物語についてもっとよく理解したいと願い続けてきたところがあるが、その一つは、読むことの喜びと危険を、私の家族が短期的にではあれ、経験した事実についてだ。この点で私は、とても不利な立場にある。というのは、年の離れたいとこのマクソーの他には、私の家族に熱狂的な読書家はあまりいなかったし、一冊の本のために命を危険にさらすような人は、もっとずっと少なかったからだ。おそらく、だれでもがとても簡単に銃撃されたり、おおっぴらに暗殺されたりするような時代には、読みも書きもしないことが、生き延びるための手段だったのだろう。それでも、そこここにある読み手たちの話は、私の興味をかきたて、わくわくさせ続ける。エウリピデスやヴォルテールやジョルジュ・サンドやコレット、そしてハイチが生んだ医師であり作家のジャック・ステファン・アレクシスらを崇拝した若い読者たちだ。ジャック・ステファン・アレクシスは、ヌマとドロアンの処刑より三年前の一九六一年四月に亡命先から――一説によるとデュヴァリエ独裁政権を倒す闘いに加わるために――戻ってきて、待ち伏せに遭い、殺されている。

私の知る限り、私の家族でヌマとドロアンの処刑を直接見た者はだれもいなかった。だがそれでも、そのことが話題に上ると、たとえ核心にはふれぬ言葉ではあっても、語り合わずにはいられなかった。

「とても悲惨な時代だったわ」と、今、私の母は言う。

「あの事件は、同時代に生きたすべての人の心を動かした」と、私の牧師の伯父は口癖のように言っていた。

　彼らは、他の私たち全員を生かすために死んだ愛国者だった、というのは、私が父から借りた言葉だ。発禁処分となった本と戯曲のことを最初に私に話してくれたのは、二〇〇五年のはじめに、死の床に横たわっていた父だった。父がトーガとカエサルと、それから乗り合いバス《カミヨン》のように聞こえる名前の作者について初めて話してくれた。私は、その名前を手がかりに、迷いながらもなんとかカミュの『カリギュラ』にたどり着くことができた。でも、もしかしたら私は間違っていて、私だけがそこに関連性を見出しているのかもしれない。

　私の両親と伯父が一度ならず読んだ唯一の書物は、聖書だ。私は以前は、彼らが私の著書を読むことを恐れていて、もし読んだら失望するのではないかと心配していた。私の書く物語は、大人になってからの日々のほとんどを独裁政権下で生きてきたことを、隣人が消えたのにそれについて口にさえできないことを、その隣人たちがこれまで近所に住んでいたためしなど一度もなかったかのごとく振る舞うよう強いられることを、照らし出す助けにはなれない。読むことは、そしておそらく結局のところ書くことは、二人の若者が娯楽のような扱いで殺される時と場所に現実に生きることには、遠く及ばない。

死ぬことは美しい《ムリール・エ・ボ》と、ハイチの国歌は高らかに宣言する。しかし、書くことには、決してそのような美を獲得することはできない。あるいは、できるだろうか？　書くことは、祖国で、祖国のために、ことによると祖国とともに、死ぬこととはまったく違う。

私が最初に公人として、「作家」として、ハイチに――個人の失敗や成功の要因をその人物の家系をたどって探すお国柄のハイチに――戻り始めたとき、私はしばしば、あなたの家族に作家はいるのかと訊ねられた。いたのかどうか、たとえいたとしても、私は知らない。しかし、私より先に生きた人びとにつきまとい取りついていたことを書かなければという思いは、私にいつもずっとつきまとい取りついている。

ベレアは今は、ポルトープランスの港を見下ろす、地震に破壊された、極めて貧しいスラム街だが、私がそこで育っていたころにも貧しい地区だった。でもそこには、イデオロギーを吹聴する学生だけでなく、知識人もいた。才気煥発で同情心に厚い小説家・詩人・劇作家・画家のフランケチエンヌは、このベレアで育った。彼より若い小説家・詩人のルイ・フィリップ・ダレンベールも同様で、彼は後にパリへ、それからローマへと居を移した。エドナ・デイもいた。彼はよく知られたマクートで、私の若いとこの一人に求愛しようとした。誰の若いとこにでも求愛しようとした。彼は、まさにそれを目的としてのようだったが、ときどき午後に、自宅のバルコニーに座って読書をしている姿を見られていた。だが彼はまた、殺し屋だともうわさされていた。

ヌマとドロアンを狙撃した者たちの一人かもしれないと。

「危険を冒して創作せよ」のなかで、カミュは書いている。「芸術はモノローグであることはできない。われわれは海原の上にいる。芸術家は、他のすべての者たちと同じく、力を込めて自分の櫂をこがねばならない。もしできれば、死なずに」。多くの意味で、ヌマとドロアンは多くのハイチの芸術家と運命をともにしていた。特に医師で作家のジャック・ステファン・アレクシスと。彼は実に美しい散文を書くので、私は最初に彼の焼きたてのパンの描写を読んだとき、思わず本を鼻の近くまで持ち上げて匂いをかいだほどだった。たぶん、私の家族に作家はいない。みんな、パンを見つけるのに忙しすぎたから。たぶん、私の家族に作家はいない。みんな、子どもの時代に、老朽化した村の学校に通わせてもらえなかったか、通うだけの余裕がなかったから。たぶん、私の家族に芸術家はいない。彼らは、次々と続く独裁政権の、あるいは打ち続く自然災害の、残酷な支配によって沈黙させられたから。たぶん、アリス・ウォーカーがエッセイ「母たちの庭を探して」で彼女自身の祖先について書いているように、私の血のつながった祖先たちは――私の文学上の祖先たちとは違って――あまりに幾多の風雪に耐え、恐怖におびえ、障害を負わされてきたため、息を止められていたのだ。その結果、何とか創作することのできた者たちは、私の考えでは、殉教者や聖人になったのだ。

「五体を備えた人として知覚されるのではなく」とウォーカーは書いた。「彼らの身体は聖堂となった。彼らの心と思われていたものは、崇拝されるにふさわしい神殿となった。これらの気の触れた『聖人たち』は世界を見つめた。激しく、狂人のように――あるいは静かに、自殺者のように。そして彼らの視線のなかにあった『神』は、巨大な石のように沈黙していた」

「移民芸術家」という存在

もちろん、私の観察はまったく的を外しているかもしれない。中でも、ベレアのフランケチエンヌは、ハイチの地でデュヴァリエ独裁政権の以前もさなかも以後も、なんとか人間であり続け、生き延び、大量の革新的な作品群を生み出した。比喩としての大海原の上でバランスをとりながら、死なずに力を込めて櫂をこぐことは、大多数のハイチ人がいつの時代にもずっと続けてきたことだ。立ち直り、回復する力と、生き延びることのこの遺産こそが、ジャック・ステファン・アレクシス、マルセル・ヌマ、ルイ・ドロアンほか大勢の者たちを駆り立て、自らの命を犠牲にさせた当のものなのだ。彼らの死ももしかすると、たとえば私の両親のような多くの人々に、ついには国を離れる気にさせた衝撃的な出来事のうちのひとつなのかもしれない。これが、私がアメリカに住んで英語という母語ではない言語で書いている理由のひとつなのかもしれない。これがもしかすると、私が移民であり、かつ芸術家でありたいと望んでいることの、移民芸術家として仕事をしていることの、理由なのかもしれない。アルジェリアにもハイチにも、古代ギリシャやエジプトにさえも、仮想現実の中ですぐに行けるこの世界化《グローバライズ》された時代に、移民芸術家というようなものは、おそらく存在しないのだろうけれども。だがグローバリゼーションがなくても、読者に結びつけられた作家は、悪魔的な、あるいは喜びに満ちた状況下で、必然的に彼の読者の国の忠実な国民となる。

　私の友人のハイチ人小説家ダニー・ラフェリエルは、デュヴァリエ政権の存続中に新聞ジャーナリストだったが、この独裁政権下でカナダへの移住を余儀なくされた。彼は『私は日本人作家《ジュ・スイ・ア・ネクリヴァン・》である《ジャポネ》』という小説を出版した。この作品のなかで、ダニー・ラフェリエルの分身である小説中の作家は、フランス人文芸評論家ロラン・バルトの「テキストの統一性はその出所ではなく行き先に存する」という見解に同意して、彼がなぜ自らを日本人作家と呼ぶことに決めたかを説明する。

「驚きだ」と小説中のラフェリエルは書く。

> 作家の出自にこれほど多くの注目が払われているとは。……私は若いころ、読んだ作家の全員を、躊躇なくハイチに送りかえした。フロベール、ゲーテ、ホイットマン、シェイクスピア、ロペ・デ・ベガ、セルバンテス、キップリング、サンゴール、セゼール、ルーメン、アマド、ディドロらは、みな私の住む村に住んでいた。でなければ、彼らは私の部屋で何をしていたというのだ？　何年もあとに、私自身が作家となり、「あなたはハイチ作家ですか、カリブ作家ですか、それともフランス語作家ですか？」と聞かれたとき、私はいつも答えた

ものだ。私は、私の読者の国籍を自分の国籍にする、と。つまり、日本人の読者が私の本を読むとき、私はただちに日本の作家となるのだ。

移民作家というカテゴリーがあるのだろうか？　と彼は考える。私もまたときどき思う、作家と読者の間の――単独の場合でも連帯している場合でも――親密な統一のなかで、境界線は本当に存在しうるのかと。アンチゴネの兄を埋葬したいという願望と、そうすれば自分も殺されるかもしれないと知りながら、死んだ息子の遺体を通りから持ち帰り、ちゃんとした埋葬をしてやりたいと必死に願う一九六四年のハイチの母親との間に、境界線があるのだろうか？　だからおそらく、あの二人の処刑のあと若い人びとが『カリギュラ』を読んでいたとき、アルベール・カミュはハイチ作家となったのだ。彼らが『オイディプス王』と『アンチゴネ』を読んでいたとき、ソフォクレスもまたハイチ作家となったのだ。

「われわれは、読んでいる間」とラルフ・ウォルドー・エマソンは歴史についてのエッセイに書いた。「ギリシャ人に、ローマ人に、トルコ人に、司祭や王に、殉教者や死刑執行人にならねばならない。これらのイメージを、われわれのひそかな経験のなかの、ある現実に結びつけねばならない。でなければ、われわれは何ひとつ正しく学ばないだろう」

何かを正しく学ぶ放浪者や移民は、いつも旅と移動のことを考えざるをえない。ちょうど、悲しみに打ちひしがれた者が、死を考えるのを避けられないように。死を避けるのと同じくらい命を――楽しく、喜びに満ち、回復力に富む命を――つなぎとめておくのが重要な文化を出自とする芸術家がそうであるのと同じように。

黒いスーツに帽子と眼鏡、というういでたち、鼻にかかった声、というふうに、ヴードゥーの墓地の守護神バロン・サムディに倣《なら》って自分のイメージを作り上げたくらいだから、フランソワ・デュヴァリエは、ハイチでは人は決して本当に死ぬことはないという事実を、だれよりもよく知っていたはずだ。つまるところ、ここは、火あぶりの刑に処せられた英雄たちが百万匹のホタルとなって空中に散ってゆくと言われ、また、夫を失った妻や妻を失った夫は、死んだ連れ合いが夜に彼らのベッドに入ってくるのを防ぐために、ナイトガウンとパジャマを裏返しに着て、赤い下着をつけるようにと助言される国なのだ。母親たちは、彼女らの死んだ赤ん坊が乳を飲みに戻ってこないように、赤いブラジャーを身につけるようにと言われる国なのだ。古代エジプト人たちのように、私たちハイチ人は、破滅的な災難に妨げられなければ、死者を来世に送るために呪文を唱え、裏庭に手の込んだ霊屋《たまや》を建てて、死者を常に私たちの近くに置く。移民芸術家はもう一つの国で、冷たく無視され、ホタルも赤い下着も裏庭の霊屋もなく、彼女をここへ連れてきた幾多の死のことを深く考えざるをえない。それのみならず、彼女をここに留まらせている死のこと、故国でもたらされている飢えと処刑と激変的な荒廃による死のこと、追放され異境で暮らす身の身動きならない無念のあまりの死のこと、そしてそれらの合い間に起こる小さな、日々の死のことをも。

移民芸術家は死を、ガブリエル・ガルシア＝マルケスのマコンドの人びとが『百年の孤独』の冒頭で考えていたように考える。

「われわれはまだ死者を出していない」とマルケスの大佐は言う。「人は、だれかを亡くし、地中に埋め葬るまでは、その地の人間にならない」。それに対する大佐の妻の言葉は、多くの移民芸術家の両親や保護者や支持者たちの返答と同じものかもしれない。「もしあなたたち皆がここに住むために私が死なねばならないのなら、私は死にます」

移民芸術家は、トニ・モリスンのノーベル賞受賞記念講演の言葉を借りれば、私たちと関わることに「我慢がならない人びとの住む町の外れに住む」とはどういうことかを知っている。この町はまた、私たちの労働を必要としながら私たちの子どもを彼らの学校へ入れたくない集落であり、私たちの病人を彼らの病院から閉め出したい村であり、不可能と思えるほどの苛酷な労働を提供して一生涯を過ごしてきた私たちの年配者に、荷物をまとめてどこか他の土地へ行ってから死んでもらいたいと考えている大都市だ。

もしあなたたち皆がここに住むために私が死なねばならないのなら、私は死にます、と大佐の妻は言う。彼女と同じように、移民芸術家は、アメリカン・ドリームの代価の大きさを自らの全身で計り、明確にせねばならない。どんな芸術家でも持っている、より「普通の」恐怖を抱えて生きながら、そのうえにだ。私は、自分がどこから来たかを十分に知っているだろうか？　自分が今どこにいるかを十分に知るようになるだろうか？　たとえ、私がここに留まるためにだれかが死んでくれたとしても、私は果たして本当にこの場所に属するようになれるのだろうか？

二〇一〇年のハイチ地震

アルベール・カミュはかつて書いた。ある人の創造的作品とは、それを目にすることでその人の心が最初に開いた二つか三つのイメージを、芸術という迂回路を通って、再発見するためにゆっくり歩く長くつらい旅だと。何年もかけて、私は、どちらかというと簡潔なエッセイのなかで、私自身の二、三のイメージを探ろうとしてきた。そして、これらのエッセイのそれぞれには、いくつかの都市と一つの国と、同じ半球にあっても世界のなかでは明らかに異なる運命と目的をもつ二つの独立共和国とがある。

移民芸術家は、自分自身の世界を解析し、可能ならばそれを作り変えたいという願望を、他のすべての芸術家たちと共有している。だから私たちは、私たちの先祖たちほどには危険を冒して創作していないかもしれないけれど――私たちは拷問や殴打や処刑の危険にさらされてはいないし、意に反する異境での生活も私たちを脅かして永遠の沈黙を強いはしないけれど――それでも、私たちが仕事をしているその間、どこかの通りには遺体が散乱している。どこかでは人びとが瓦礫の下に埋まっている。どこかでは大量の死体を埋めるための穴が掘られている。どこかでは生存者たちが仮設のテント村や難民キャンプで暮らし、雨にぬれないように頭を覆い、目を閉じ、軍用「救援」ヘリコプターの音をシャットアウトしようと、耳をふさいでいる。それでも、多くの人が読んでいる、そして書いている、静かに、静かに。

二〇一〇年一月十二日午後四時五十三分、私が「仕事中」だったときに、ハイチではマグニチュード七・〇の地震で大地が揺れ、二十万人以上の人が亡くなっていた。そして、最初の余震が来る前にすでに、人びとは私に電話をかけて、聞いていた。「エドウィージ、あなたはどうしますか？　いつ帰りますか？　テレビかラジオに出て気持ちを話せますか？　千五百ワード以内の文章を書いてくれますか？」

多分このためなのだろう、移民芸術家が、たとえ自分が刑務所の壁になぐり書きをしていなくても、死刑執行人がやってくる運命の時までの日々を数えていなくても、自分は危険を冒して創作しているのだと感じる必要があるのは。あるいはハリケーンに遭わなくても。地震に遭わなくても。

自己不信というのは、きっと、新しい文化に順応していく段階の一つなのだろう。それは、たいていの芸術家の持つ特徴だ。自分のために実に多くのものが犠牲にされ、実に多くの夢の実現が先延ばしにされた移民芸術家として、私たちはすでに非常に多くの疑いを抱いている。私たちの親が望んだように、もっと役に立つ医者や弁護士やエンジニアになってさえいれば、事態はより単純で、安全だったのかもしれない。私たちの世界が文字通り崩壊しつつあるときに、私たちは自らに言いきかせる。私たちの古老らは、遠く離れた証人としての私たちの受身の職業《キャリア》について、結局は正しかったのだ、と。

私たちは自分を何だと思っているのだろう？

私たちは、自分はまったく存在しなかったかもしれない危険を冒してきた人間だと考えている。両親を、政府によってか自然の力によってか、ことによると私たちが生まれる前に、殺されたかもしれない人間だと。私たちのなかには、自分が教育を受けて識字能力を得られたのは、偶然の巡りあわせだと思っている者がいる。

私がそうだ。

私たちは、自分たちは学校へはまったく行けなかったかもしれない、読み書きを習うことは決してなかったかもしれないと考えている。私たちは、自分たちがあまりにも長期にわたって影のなかで生きてきた人びとの子孫だと思っている。私たちは、自分たちが古代エジプト人に似ているとさえときどき思う。彼らの死の神々は、彼らがあの世へ入るのを許す前に、それに値する価値を有していることと、入場の許可を得ていることの証拠資料の提示を要求した。芸術家たちと彼らの芸術、ピラミッドと棺に書かれたテキスト、墓に描かれた絵、そして象形文字の作り手たちという点で、私たちもまた、古代エジプト人にいくらか似てはいないだろうか？

古代エジプトの彫刻家を評する多くの言葉の一つに、「ものを生かし続けておく人」というのがある。古代エジプト人の墓に、絵が描かれ、魔よけが彫られるようになる前は、富裕層の人びとは、あの世で自らのそばに仕えさせるために、奴隷たちを一緒に埋めた。ここで、異なったタイプの記念碑的な作品――つまり死体の代わりになりうる作品――を考え出した芸術家たちは、命を救いたいと願っていたのかもしれない。外面と内面の両方の破壊に直面して、私たちは今でもまだ彼らと同様に、危険を冒して創作しようと努めている。まるで、一つひとつの芸術作品は命の、魂の、未来の身代わりであるかのように。古代ギリシャの彫刻家がそう感じたかもしれないように、そして、マルセル・ヌマとルイ・ドロアンが確かに信じたに違いないように、私たちにそれ以外の選択肢はない。

第二章
まっすぐ歩きなさい

先祖たちの村

最後まではとても行けない、と私は思う。歩き始めてから四時間経ったところで、突然脇腹に刺すような痛みを感じた。ジョセフ伯父さんのあとに続いて、いとこのマクソーの長男ニックが、三十フィート〔約九メートル〕ほど前をしっかりした足取りで歩いている。伯父さんは借りてきたラバに乗って、急勾配の山を苦労して登っている。私たちは、ラバには本能的に道がわかるし、これまでに幾度かこの道を通ったこともある、と聞かされている。でも私は八歳のとき以来、この道を一度も歩いていない。

背が低く、がっしりとしてハンサムなニックは、立ち止まってシャツのポケットからメントール入りコム・イル・フォ・タバコの箱を取り出す。火をつけながら振り向き、私の様子を確認する。私は身体を折り曲げて、みぞおちの部分を抱え込んでいる。痛みは、腹部から太股まで広がっている。ニックは私のところまで歩いてきて、タバコを持っていないほうの手を私の肩に置いた。

「疲れた？」と聞く。

疲れたどころじゃない、と言いたいけれど、痛みを追い払うために全身の力を節約している。

「死にそう」と、私はやっと声を絞《しぼ》り出す。

「死なないよ」と彼は答え、くっくっと笑ってからもう一度タバコをふかす。「ぼくもしばらくぶりに戻ってきたときはそうだったよ。身体が、歩くのに慣れようとしているんだ。すぐに平気になるよ」

私たちは、ライム色の山並みを眺望するすべすべした岩の上で休むために歩みを止め、灼けつくような真昼の太陽を避けて、アーモンドの木の下に避難する。ニックが予言したとおり、私の痛みは、彼がタバコを吸い終えるまでにゆっくりと引いていく。私たちは、伯父さんとラバが、山腹にできた地溝をたどってゆっくりと私たちの先祖の村ボセジュールへと降りていくのを見ている。ボセジュールには、私の父方の曾祖父母が埋葬されていて、七十五歳のイリヤナ伯母さんがまだ住んでいる。

時は一九九九年の夏。私は、私たちの一族が生まれ出で、さまざまに異なる形の移民生活へと巣立っていったこの山々を再訪するためにやってきた。二世代に満たない間に、私たちがいったいどのくらい遠くまで――ボセジュールの農村集落レオガンからマイアミ、そしてニューヨークへと――移住の旅をしたのかを、確認するためにやってきた。伯母は、これまでずっと山から下りるのを拒否してきたので、私は八歳のときに一度会っただけだったが、その伯母に会いにきたのだ。

少し休んで、山に登れるだけの脚力を取り戻すと、私はまた歩き始める。歩きながらニックと私は、わが一族の系譜で、記憶と家族史でさかのぼることのできる最古の祖先である私の曾祖父母――彼の曾曾祖父母――にまつわる断片的な話を語り合う。私たちより年長の家族たちから聞き集めた話だ。イリヤナ伯母さんと同じように、私の曾祖父母は生涯ボセジュールに住み、山を下りて最初の大きな市場のある町ダボネより遠くへは一度も行かなかった。彼らが結婚したときに所有していたのは、二十エーカー〔約八万一千平方メートル〕ほどの土地と三十匹の豚だった。曾祖母が産んだ十二人の子どものうち、大人になるまで生きていられたのは四人だけだった。曾祖父母の生活には、最後まで、電気も電話も医者も霊屋《たまや》もなかった。子どもたちは幼くしてさまざまな年齢で死んだが、霊屋を持たない彼らは、子どもが死んだその日か次の日に遺体を埋葬した。

山の側面に傾いた橋を作っている岩のアーチを渡りながら、ニックと私は、私たちの先祖の生活について、このあたりの山に住んでいた人ならほとんど誰にでも当てはまりそうな、こうした不明確な断片以上に知っていることがないのを嘆いた。

子どものころニックと私は、私の弟のボブと一緒にここへ来て、イリヤナ伯母さんと一週間をともに過ごした。伯母さんは、まだボセジュールに住んでいる最後の近しい親族で、私の祖父母を含めて、他の人たちはみな移住していた。何人かはハイチの首都へ、あとの者は世界の他の地域へ。私が覚えている子どものころの山登りでは、これほどへとへとになりはしなかった。私は、延々と続く崖とごつごつした岩ではなく、モグラ塚のようにさえ思えた山を、スキップしながら越えたのを覚えている。私たちの歳ぐらいだったころの父や祖父たちを知っていた人びとの家の庭を通るときに、タンポポを摘んだのを覚えている。私たちを、私たちの伯母さんや伯父さんの名前で呼んだ人びと。今では、跡形もなく消えてしまった人びと。私は、両手いっぱいのベチベルソウやシトロネラソウを引き抜いて掌《てのひら》の中で潰し、その香りを吸い込んだことを覚えている。むき出しの岩の、ドームのような頂は覚えていない。上から見たイリヤナ伯母さんの家が、あんなにも孤立しているようだったのは、覚えていない。私のふくらはぎの痛み、一歩一歩の耐えがたい痛みは、覚えていない。

それをニックに話すと、彼は答える。「たぶんそれは、きみの体重が今より軽かったから、きみが小さい女の子だったからだよ」

私たちは、イリヤナ伯母さんの家に向かって下りる道の途中で休憩をとっているジョセフ伯父さんに追いつく。伯父さんは、借りてきたラバをニックに提供する。ニックはラバに乗ろうとして、股間への蹴りをかろうじて逃れる。

「だから私はラバに乗ったことがないのよ」と私は言う。

「ラバが必要なほど疲れたことがないというだけさ」とジョセフ伯父さんは答える。七十六歳の伯父さんは、首都からボセジュールまで毎年二、三回は来ている。イリヤナ伯母さんのところに行き、ここで彼が始めた小さな学校の面倒を見るために。

ジョセフ伯父さんは、下のほうに見える一教室だけの学校を指差す。それはとても小さくて傾《かし》いで見え、その背後にある小さな墓地と変わらない。墓地には、大理石のように見える墓石が密集して立っており、私の曾祖父母はここに埋葬されている。

イリヤナ伯母さんとの再会

私たちは、昼下がりごろまでにはイリヤナ伯母さんの家に着いていた。伯母さんの家は、石灰石の壁とブリキ屋根の質素な二部屋の家だ。小川とバナナ果樹園の間にあって、子どもだったニックとボブと私が来たころからあまり変わっていない。ただ、ブリキ屋根は錆とハリケーンのために二度ほど取り替えられている。イリヤナ伯母さんは今は一人で住んでいるが、元夫の家が近くにあって、彼がしばしば訪ねてくる。また、もう成人している息子で、ポルトープランスで歯科医をしている私のいとこのレネルもしばしば訪れる。私の父と父の兄弟姉妹たちとレネルは次々に都市へと出ていったが、イリヤナ伯母さんは、娘のジャンヌと村に残って、私たちが訪れる前の年にジャンヌが三十八歳で亡くなるまで、二人で暮らしていた。ジャンヌの死は、女たらしの前夫にうつされた名前のわからない重篤な感染症のせいだった。ジャンヌが死ぬと、イリヤナ伯母さんは、自分の長子である一人娘を、家の隣りに建てた美しい青緑色の三層の霊屋に納めた。ジャンヌの霊屋のなかにはイリヤナ伯母さんのための場所がとってあって、母と娘が、生きていたときにずっとそうだったように、死んでからもずっと一緒にいられるようになっている。

私たちが到着したとき、イリヤナ伯母さんは家にいなかった。彼女の孫、ジャンヌのティーンエイジャーの二人の息子が夏の休暇で首都から来ていた。彼らが私たちに水をくれ、伯母さんの帰りを待つ間へたり込んで休んでいられるように、大きなサイザル麻製のマットを出してくれる。私たちはすぐに、正面ポーチの上で涼しい場所を選んで横になる。そこは、木製の手すりの傍で、その手すりのはしのほうでは、二人の少年が乾燥したトウモロコシの穀粒を粉砕機に注ぎ込み、鮮やかな黄色のひき割りトウモロコシ粉を作っている。少年たちの周りには、イリヤナ伯母さんの大切な雌鶏雄鶏たちがいて、ときおりトウモロコシが頭の上に降ってくるとガーガーとうるさい声をあげる。

イリヤナ伯母さんは、一時間ぐらい経ってから戻ってきた。七十五歳という実際の年齢より、ずっと若く見える。肌はむらのないマホガニー色で、身体は引き締まってやせていて、かなり筋肉質に見える。ダークグリーンのドレスを着て、黒い布を頭に巻いている。彼女は、ジョセフ伯父さんとニックに挨拶のキスをするが、もう二十二年以上も会っていないので、私が誰だかわからないでいる。伯母さんは、私のいとこの女の子たちの名前を二、三挙げて、私が誰かをあてようとする。とうとうジョセフ伯父さんが言う。「ミラの娘のエドウィージだよ」

「あー、エドウィージ」と声をあげて、イリヤナ伯母さんは硬く大きな両手で私の顔を包む。

「ミラの娘」

イリヤナ伯母さんとジョセフ伯父さんは家族の情報を交換し、ニックと私はトウモロコシ挽きに加わる。ときおりイリヤナ伯母さんは、ニューヨークにいる私の両親と三人の弟たちのことを大声で訊く。お父さんの毛は薄くなった？　お母さんは、伯父さんが最後にあたしに家族写真を見せてくれてから、やせた？　太った？　弟たちは誰か結婚した？

私は、彼女のために持ってきた写真を見せる。額の生え際が後退している父の写真、まるまる太った母の写真、三人の弟の写真。彼らのうち二人はこの年父親になった。家族情報の交換をすべて終えてしまうと、あとは食事だけだ。

イリヤナ伯母さんの家の周囲の渓谷では、今はトウモロコシの収穫期だ。だから、それからの三日間、私たちはトウモロコシばかりを食べた。私たちは、小川のそばの草ぶき屋根の料理小屋で、木炭と薪の火でトウモロコシを焼く。バナナの葉で包んで、底がないように見えるアルミ鍋で茹でる。甘くて小さいのは、生で穂軸から直接食べる。以前に収穫してある分からは、朝食のひき割りトウモロコシ粉のペースト（マイムレン）と、夕食のスイートコーン粉のピューレ（ラブイ）を作る。

その日の午後は、どんどんことが運んだ。近くにある学校の女性校長の家に出かけたジョセフ伯父さんとニックは保護者や先生たちと話をして過ごし、私はイリヤナ伯母さんと一緒に過ごした。

その夜、ラブイを食べながら、ジョセフ伯父さんはイリヤナ伯母さんに、もう年なのだから伯父さんやその家族の近くにいるために、ポルトープランスに移るようにと説得を試みる。

「おまえももう年だ」と彼は言う。「そう望んでいるわけではないが、もしおまえに何か起こっても、ちゃんとした医者には診てもらえないぞ。ここじゃ、人は簡単な病気で死ぬ。ジャンヌが死んだときは、わしらはもうちょっとで葬儀に間に合わんところだった。もしおまえが死んだら――そう望んでいるわけではないが――ここまで来るのはとにかく時間がかかるんで、わしらはおまえを最後に一目見ることもできんかもしれん。ニューヨークにおるおまえの弟たちや、エドウィージや他のみんなは、ここまで来て別れを言うことは、まずできん。おまえ自身がよく知っとるはずだ。ここじゃ、遺体は一日か二日しかもたんとな」

ジョセフ伯父さんの一人語りは、どこか遠くから聞こえる二発の銃声で途切れる。イリヤナ伯母さんが、あれはこのあたりのただ一人の正式な権力者である村長《シエフ・セクシヨン》が、誰かが彼に会いに行く用事があるといけないから、日帰り旅行から戻ったことを知らせているのだと説明する。

「年取った女に、都市の生活がここより楽だと思うのかい?」とイリヤナ伯母さんは続けて言う。

「ここにいれば、私は土地もジャンヌの墓も守れる。それに、あたしが死んですぐにあたしに会えなくても、あたしらはあとで会えるよ」

　ジョセフ伯父さんと違って、イリヤナ伯母さんは特に信心深いというわけではない。彼女は、たまに信徒の山地司祭《ペ・サヴァン》に墓地に来てもらって、祖父母の墓のためのミサを行なってもらっていた。しかし、それはただ彼女が、祖父母は生涯懸命に働いたのだから、尊敬の印として当然期待することだろうと考えたからだ。でも、ジャンヌのためのミサはなかった。ジャンヌは、伯父さんと同じく、バプティストだったから。

　月光に光り輝くジャンヌの霊屋を見やりながら、私はイリヤナ伯母さんに訊く。なぜジャンヌを墓地に――伯母さんの祖父母、私の曾祖父母の近くに――埋葬しなかったのかと。彼らもやはり、伯母さんとジャンヌのように、ボセジュールに留まることを選択したのだった。

「あの墓地は大勢の人のもの」と彼女は答える。「ここはあたしとジャンヌだけのもの。あたしが死ねば、皆は残された家族の土地を奪い取ってしまうだろうさ。今でももう、家族でここに残ってるのはあたしだけだからというんで、あたしから取り上げたがっているんだから。でも、あたしがジャンヌとあたしのために建てたこいつは、大きくて重い。だから、多分あの人らはあたしたちをほっといてくれると思う」

　イリヤナ伯母さんが話しているのは、彼女の数少ない隣人や友人や敵たちのことで、伯母さんには都市部や海外に親類がたくさんいるのだからここには住むための土地は必要ないとみんなが思っている、と彼女は信じている。

伯母さんは、ここで私のほうを向いて、話題を変えた。「あんたに訊くのを忘れてたよ。ミラの別の娘、子どものころに一度ここに来たあの娘はどうしてる？ 〝ジュナリス〟だって聞いたけど。あの娘の名前は何だったっけ、エドウィージ？」

私は、彼女の声にかすかな誇りを聞く。その人物――それが私だということを彼女が忘れてしまっている人物――が、彼女とひと時を過ごしたことがあるのだという誇りを。ジュナリス、つまりジャーナリストは、ハイチでは最も一般に知れわたったたぐいの物書きだ。役に立つ――人びとに情報という名のサービスを提供している――ということと知名度が高いということが、それを時に尊敬に値する職業にしている。特に、イリヤナ伯母さんのような人にとっては。なぜなら、きょうだいの中で年長だった彼女のような人は、家や畑の仕事に必要とされていたので、両親に学校へ行かせてもらえず、従って読み書きができないから。私はジャーナリストではないけれども、そうやって伯母さんは伯母さんなりに私を作家と認めてくれているのだとわかる。私は嬉しくてたまらず、わくわくする。その瞬間、私の人生のさまざまな断片が集まってひとつになったのだ。私は姪でありジャーナリストで、家族の作家なのだ。これまで一語も一文も読んだことがなく、私以外の作家に会ったことはなく、これからも会わないだろう私の年老いつつある伯母から見れば。

けれども、伯父さんは心配して眉を上げる。まるで、イリヤナ伯母さんの質問は、彼女がもうろくしてきていることの証拠だ、とでもいうように。ニックは片手を口に当てて笑いを隠し、私がどのように説明するか見てやろうという構えだ。

私は単純に、誇らしげに、言う。「イリヤナ伯母さん、私がエドウィージです。ここに来たのは私ですよ」

彼女は納得がいかないようだ。それで私は、記憶を捜して、あのとき彼女を訪ねたことの具体的な証拠を挙げる。イリヤナ伯母さんと彼女の夫は、そのころはまだ一緒に住んでいたけれど、ツインベッドのそれぞれを部屋の反対側に置いて寝ていた。そして、弟のボブとニックとジャンヌと私はみんな、その部屋の床に敷いたジャンヌの大きなサイザル麻のマットで寝た。ジャンヌは、内気だけど働き者の若い女性だった。彼女とイリヤナ伯母さんは、あの夏の日々をほとんどずっと一緒に過ごしていた。夜明けに起き、小川から水を汲んできて、家じゅうのみんなと訪ねてくる人たちのためにコーヒーを淹れ、庭に水を撒き、サイザル麻の箒《ほうき》でシュッシュッと、即席のコンサートのような調べを奏でながら庭を掃いた。私は一日中庭を歩き回り、ニックと弟のボブとイリヤナ伯母さんの夫が畑仕事に行っている間、近所の女の子たちと隠れんぼや鬼ごっこや石けり遊びをした。一日に二度、イリヤナ伯母さんとジャンヌと私は、水晶のように澄んだ小川の下流で水浴びをした。水は、朝は肌を刺すように冷たく、午後にはなまぬるかった。私がさせてもらえた仕事は、豆のさや剝きと、収穫したばかりのトウモロコシの穀粒を選り分けることだけだった。私は都会の女の子だから、それ以外の仕事はきつ過ぎるだろうと判断されたのだった。

その夜遅く、彼女の夫が昔寝ていたツインベッドを使うように私に言ってから、イリヤナ伯母さんは娘におやすみを言いに外へ出て霊屋に行く。「客が来てるんだよ」と彼女はジャンヌに伝える。彼女の顔の一部は、月の光から隠れている。「ミランダの娘のエドウィージが、あのジャーナリストだよ、あの娘がまたあたしたちに会いに来たよ」

ジョセフ伯父さんの学校と、曾祖父母の墓所

次の朝、私は小川のそばの料理小屋で、イリヤナ伯母さんがコーヒーを淹れるのを手伝う。丸い形にしたハンガーにひっかけた、膨れた布袋を私が持ち、伯母さんが、挽いたコーヒー豆のうえに煮えたぎっているお湯を注ぐ。ジョセフ伯父さんとニックと私は、コーヒーを飲み、キャッサバパンを食べながら、イリヤナ伯母さんと彼女の孫息子たちとその日の計画をたてる。ニックとジョセフ伯父さんには、さらにまだ、建築業者との相談がある。ジョセフ伯父さんが資金を出して建てさせた校舎に、もう一部屋を付け足すためだ。新しく増えるクラスのために、何人かの先生に面接しなくてはならないし、校長とのカリキュラム計画の打ち合わせも、もっとする必要がある。この校長は三十代の女性で、三人の幼児を一人で育てている。夫が、五年前にドミニカ共和国へ行ったきり戻らないのだ。

ジョセフ伯父さんが最近熱中しているのがこの学校で、自分が死ぬ前に成し遂げたい最後の事業だと言っている。伯父さんは、この学校を建てるために、熱狂的といってもよいほどの情熱で

家族や友人らから金を集めてきた。ボセジュールの子どもたちが、男の子も女の子も、読み書きを学べるようにと。

私たちは、みんなで一緒に校舎へ行く。地面のままの床にブリキ屋根の、間仕切りのない大きな部屋だ。イリヤナ伯母さんは、眼を細めて丹念に見る。その間、ジョセフ伯父さんは校長と建築業者に特別の指示を与える。校長は、異なるレベルの子どもたちが別々に学べるように、新しい教室の四つの壁面のそれぞれに黒板を一つずつ付けてほしいと嘆願する。校長は建築業者に、漏らない屋根をつけると確約してほしいとも頼む。雨が降るたびに、授業をやめて、子どもたちを家に帰したくないのだ。イリヤナ伯母さんは、学校の創設以来、ときおり子どもたちに昼食を作ってきたが、ここでまた改めて申し出た。

「あたしはこれからもずっとそうするよ」と、ほとんど独り言のように。

私は手を伸ばして、彼女の肩をなでる。そして、もしかしたら考え過ぎかもしれないけれど、こう考える。これが、自分自身が受けられなかった教育を他の子どもたちが受けられるようにするための、彼女なりのやり方なのだ、と。

学校を出て、私たちは、曾祖父母が埋葬されている墓地まで歩いていく。膝の高さまで伸びた雑草のなかに立つ墓はどれも、ひび割れた大理石でできている。名前と日付は、墓石に深く彫られたもの、浅く彫られたもの、さまざまだが、消えてしまっているものもある。私の曾祖母のミラジンの生誕日は、記されていない。私の父の名前ミラシンと彼のニックネーム、ミラは、この曾祖母から取られている。そもそも、彼女の誕生は公式の戸籍簿に記録されなかったのかもしれない。曾祖母は、一九一五年から一九三四年にかけてのアメリカのハイチ占領期間中の、一九一九年に亡くなった。私の曾祖父のオスナックは妻の死後に亡くなったとイリヤナ伯母さんは言うけれど、その死亡年は、彼の墓石と彼女の記憶から、もうずっと前に消えてしまっている。

死んだら私もボセジュールに埋葬されたい、と私は言う。

「こんなに遠くまであんたを運んでくれる人を、どこで見つけるんだい?」とイリヤナ伯母さんが訊く。「まず、ニューヨークからポルトープランスまで。そしてそれから、二日がかりのきつい山登り。大変だよ」

私は、火葬にして灰をどこかの山の頂上から撒くことにすれば、運ぶのはそんなに大変ではないだろうと答える。

「ハイチには、ちりはもう十分にあるよ」と彼女はきわめて無感動に言う。「あんたは、死んだその場所で埋葬されるべきだよ」

私が死ぬのは、おそらくここではないだろうな、と私は思う。この山を登ってくるときには死ぬかもしれないと思ったけれど、下山するときに実際に死ぬようなことはたぶんないだろうから。

「もうやめよう」とイリヤナ伯母さんが言う。「人が死ぬ話はもうこれでたくさん」

同胞からの批判

私はそれからさらに数回、しばしば一人で、曾祖父母の墓に戻っていった。その前年、私の最初の小説『息吹、まなざし、記憶』がオプラ・ウィンフリの有名なブッククラブに選ばれ、私の夢も想像も遥かに超えて、さらに何千人もの読者に読まれていた。この小説の目的は、三世代のハイチ人女性の物語を語ることだ。祖母のイフェ・カコは、夫を米国海兵隊に徴用され、苛酷な強制労働のさなかで喪《うしな》う。長女のマーティン・カコは、十代のとき、顔を隠した残忍なトントン・マクートにレイプされる。マーティンの妹のアティ・カコは、ある女性への報われない密かな愛を抱いている。孫娘で物語の語り手のソフィ・カコは、母親がレイプされて生まれた子どもだ。そして、この女性たち全員が、あるトラウマを抱えている。全員の母親が、娘がまだ処女であるのを確かめるために、定期的に娘の膣に指の先を挿入していたのだ。

作品の中のこの処女検査の部分が、一部のハイチ系アメリカ人コミュニティで激しい反発を引き起こした。「あなたは嘘つきだ」と、私がこの旅に出る直前にある女性が書いてきた。「あなたは、私たちを性的・心理的不適応者にして、私たちの名誉を汚している」

「あの女、なんで読み書きを習ったんだ？」私は、ニューヨークでのハイチ系アメリカ人の資金集めの祭典に、この本を書いたことで得たある賞の授賞式のために出ていて、一人の男性が言うのを偶然聞いた。「あれはわれわれじゃない。あの女が書いていること、あれはわれわれのことじゃない」

当時、私たちはメディアで、災害に遭いやすい難民・ボートピープル・エイズ感染者として中傷されていたので、私たちの多くは過度に神経質になっていて、ハイチとハイチ人についての「好ましいイメージ」を描いてみせない者は誰でも消し去ってやろうとやっきになっていた。

でも、手紙の書き手の女性は正しかった。私はあの最初の作品で、そしてそれ以後書いてきたすべての小説で、嘘をついてきた。でもそれが、本のカバーにも書かれている創作《フィクション》とか小説《ノヴェル》とかいう言葉の意味ではなかったのか？　最も初歩的な小説でさえ、非常に例外的な架空の人物を扱っているのではないか？　だから、その架空の人物が、たとえごくありふれた男とか女として描かれていたとしても、その人物は、どうしても、きわめて例外的なごくありふれた架空の人物であるしかないのではないか？　そして一個人に——それが私であれ他の誰かであれ——他の九百万から一千万人の人びとがどのように行動すべきか、行動するのかが、どうしてわかるというのか？　それに、私は「検査」がすべてのハイチの家庭で、すべてのハイチの少女の身に起きたと書きはしなかったけれど、そのように「検査」された女性や少女をたくさん知っていた。

「あなたは寄生虫であり、金と名声のために自分の文化を食い物にしていると言ってもいい」というのが、私がコミュニティの内側から受ける二番目によくあるタイプの批判だ。

罪悪感に苛《さいな》まれ、私はしばしば力なく答える。私が書いていて、もっとも食い物にしているのは自分自身です、と。それに、私に、あるいはあえて人の気持ちを害するだけの肝が据わっているわけではない者に、どんな選択肢があるというのだろう？　自己検閲？　沈黙？

曾祖父母の墓に行った日々のうちのある日、私は『あとがき――小説家、自作を語る』と題された、幾人かの作家が自作について語ったエッセイ集を持っていった。そして私は、墓地に座っている間に、私の処女小説の主人公ソフィーに次のような手紙を書いた。移民芸術家は時に、内輪の恥を外に曝《さら》していることを、あるいは曝しているように思われることを、謝罪しなければいけないから、私のソフィーへの手紙はこの本のそれ以後の版にあとがきとして載せられ、テクストの補遺となった。

親愛なるソフィー、

私はこの手紙を、私の曾祖母の墓のそばに座って書いています。それはレオガンの高山のなかにあって、一段高く建てられた墓石で、素晴らしいライム色の山並みを見下ろしていいます。こうやって、大地から遠く離れて雲近くの中空に浮かんでいると、私は、世界中で自分の本当の居場所はここだけだと感じます。ここが、あなたの故郷でもあってほしいと私が強く願った場所、アティ叔母さんをあなたと一緒に墓所の真中に立たせて、「まっすぐ歩きなさい、あなたは家族の前にいるのだから」と言わせたときに、私の心のなかにあった場所です。

私はあなたについて書きながら、自分は家族の前にいるとずっと感じていたと思います。親切心と厳しさがいっぱいの家族、愛と嘆きがいっぱいの家族、深く過去に根差しながらも、予測できない未来に立ち向かおうと苦闘している家族。私はあなたの家族、翼が炎のように見える鳥から名付けられたカコ家の人びとに会えて嬉しかった。私はあなたの秘密を共有させてもらえて、あなたのお母さんの、叔母さんの、お祖母《ばあ》さんの秘密も共有させてもらえて、幸せでした。それらは、この山々の山腹にしがみつき根を生やしている針金のようなベチベルソウによく似て、あなたのなかに、彼女たちのなかに、深く埋め込まれた謎でした。

ソフィー、私が今この手紙をあなたに書いているのは、あなたの秘密が、あなたのように、私のように、この場所から遠くへと旅立っていってしまったからです。夜の間のあなたの経験、あなたのお祖母さんにつきまとって離れない苦悩、あなたのお母さんの「検査」は、今ではより大きな意味を持ち、あなたの体は今、あなたの肉体よりも大きな空間を代弁するよう求められています。聞くところによると、あなたは、あなたと私がこんなにも愛しているこの土地のすべての女の子、すべての女性の典型であることを求められているそうです。異議を申し立てることにはもう疲れたけれど、私は説明しなければいけません。言うまでもなく、すべてのハイチの母親があなたのお母さんと同じであるわけではありません。ハイチのすべての娘があなたと同じように検査されたわけでもありません。

私は、この物語は、あなただけのものであるこの物語は、当然そのように読まれるだろうと思っていました。でも、私に、あなたに、この山々に帰ってくる声のなかには、私が望んでいたのとは違う解釈のものがあります。それで私は今この手紙を、自分自身に、そしてソフィー、あなたに宛てて書きます。あなたの経験の特異性が、あなた自身の特殊性と矛盾のある言動とあなた自身の声とともに、存在を許されますようにと、祈りながら。私はこの手紙をあなたに書きます。あなたと私が、私たちの同胞の生きている人びとにも死んだ人たちにも平安がありますようにと祈りながら一緒にたどった、ここから出てここに戻る、癒しの旅をあなたに感謝しながら。

これらの言葉が、あなたの足に翼を生やしてくれますように、

エドウィージ・ダンティカ

一九九九年　夏

ボセジュールでの私たちの最後の二日間は、たいていの再会と同じように進み、愛する人と再び繋がることへの畏敬の念は、日常の決まった雑事にゆっくりと置き換わっていく。ジョセフ伯父さんとニックは、学校のあれこれの仕事に没頭し、イリヤナ伯母さんと私は、たぶんまた別れるということについての話を避けるために、だんだん会話をしなくなる。家族のなかには、もうすでに、あまりに多くの別れや、ひっきりなしの出立と帰還がある。それでも、私たちはこうして出ていったり移住したりすることを、呪ったり避けたりするわけにはいかない。なぜなら、私

たちが成し遂げてきた進歩はどんなものでも、すべてそのお陰なのだから。例えば、イリヤナ伯母さんの息子のレネルは、歯科医になるために、人生のほとんどを彼女から離れて過ごさねばならなかった。一方、母親とともにあとに残った娘のジャンヌは、長く苦しんだあげくに亡くなって、避けられない旅立ちがあるのだとイリヤナ伯母さんに教えた。だから、今ジャンヌの子どもたちは父親の親戚とともに首都に住んでいて、夏にだけボセジュールにやって来るのだ。

さよならの仕方

私たちが出発する予定の前の晩、私は、以前はイリヤナ伯母さんの夫が寝ていたベッドに仰向けに寝て、伯母さんの寝言を聞いている。夢のなかで彼女は声をたてて笑い、約束する。「いいかい」と彼女は言う。「すぐに戻っておいで。あたしはあんたにコーヒーを送ってやるよ」

暗闇の中で、私は想像する。ここから伯母さんは、遠く離れた私たちに話しかけることができる。私の父に、彼女の両親に、私の弟たちと彼らの子どもたちに。私がこうして沈黙の中でみんなを呼びだしているときに、イリヤナ伯母さんはまた別の夢から覚めて、部屋の向こう側からささやく。「エドウィージ、寝てる？」

私は答える。「いいえ。でも眠れないのは伯母さんのせいじゃないわ」

それはたぶん山のせいだろう。ここは、夜にはとても静かになるので、あらゆる物音が聞こえる。木の枝が揺れる音、小川がさらさらと流れる音、夜の旅人やさまよう動物たちの足音。私は、すべての音に耳を澄ませる。夜がいつまでも続かないことを知っているから。あまりに集中して耳を傾けるので、ときどき、静寂の音がうるさすぎるほどになる。


翌朝出立の準備をしていると、イリヤナ伯母さんが私に、ブルックリンの父に持っていくようにと、三ポンド〔約一・四キログラム〕のコーヒー豆の入った袋をくれた。

「このコーヒーを飲めば」と彼女は言う。「あんたの父さんは故国《くに》に帰れるよ」

私は、イリヤナ伯母さんがこんなにもコーヒーの魔術を確信していることに驚く。そんなものが本当にあるとしたら、どうだろう？　薄れゆく記憶を留めてくれる秘薬、失われた空間のイメージを呼び覚まし、即座に私たちを故国に帰してくれる万能薬が。私はイリヤナ伯母さんに、父に代わってお礼を言うために、私は知っているけれど、彼女の知らない父についての話をする。

その話はこうだ。ニューヨークに、父の乾癬を治療している中国人の薬草医がいて、私は父に付き添ってそこに行った。その中国人薬草医が父に、コーヒーをやめなさい、さもないと治りませんよ、と言った。ところが父は答えた。「先生、他に治療の方法があるはずです」と。コーヒーを諦める気はさらさらないからだ。ここで話が奇妙に行き違い、イリヤナ伯母さんは少し考えてから言う。あんたの父さんの乾癬が治らなくなるんなら、コーヒーを届けちゃだめだわね、と。

私はそのコーヒーを渡してくれるよう、伯母さんを説得しなければいけなくなってしまった。彼女は、ようやく渡してくれた。

私たち――ジョセフ伯父さんとニックと私は、山を下る旅に出発する。十一時までに、半分まで下りるつもりだ。太陽が空高く昇ってからは、きっと暑さで気が遠くなって、歩みが遅くなるだろうから。伯父さんの友人の家に立ち寄って短時間で昼食をとり、そのあと午後はずっと歩き続ける。そうすれば、夜の七時か八時ごろにはポルトープランスに着くだろう。

登りの旅には二日かかったけれど、途中一泊しないのだから、もっと速く行けると、ジョセフ伯父さんとニックは請け合う。それに、重力があるので登るより下るほうが速いに決まっている。たとえ、私のバックパックに三ポンドのコーヒー豆が入っていても。

私のさよならの仕方は、いつも同じだ。私は、今自分が別れを告げている人に、その日またあとで、あるいは翌日か翌々日に、すぐに会えるかのようにふるまう。そうしなければ私は、悲しみのあまり、それが大きな別れでも小さな別れでも、とても耐えられなくて、何かしようとしてもまったくできなくなる。イリヤナ伯母さんの方法は、もっとそっけなく型どおりで、おそらくずっと健康的だ。伯母さんが、よろしくと伝えてほしいニューヨークに住む家族全員の名前を挙げている間、私たちは互いの頬にキスをする。彼女とジャンヌの息子たちは、私たちと一緒に歩いてきて、一マイル〔約一・六キロメートル〕くらいのところで止まり、私たちは歩き続ける。

下りの旅は、ニックと伯父さんが予言したとおり、ずっと楽だ。私は、歩きづらい道を、まっすぐには行かずにジグザグに進み、山道のいたるところに見えないZの文字を書いていく。それは農民たちがここらの山を少しでも楽に登り下りするための歩き方だ、と伯父さんが教えてくれる。だから、彼らは疲れてへとへとになっているようには見えないのだ。やっとダボンヌに着いて、心底ほっとして、ニックのトラックに乗り込むときの私のようには。それに、彼らは慣れているからだ、と伯父さんは言う。「きみだって、何度も通えば慣れるさ」

首都へ戻る車の中で私は、イリヤナ伯母さんのことが心配になり始め、自分の生活のなかにさえないような生活を超快適にするあれこれを思い描いて、伯母さんの生活に押しつける。私は、彼女が自家用ヘリコプターを持って、市場への行き帰りに使う姿を想像する。小川での水浴びではなく、ジャグジーに入るところを想像する。彼女がバカンスで、自由の女神やディズニーワールドやエンパイアステートビルディングやエッフェル塔に行くところを想像する。ある人たちの評価基準によれば、伯母さんは世界をほとんど見ていない。けれどももしかしたら、と私は思う。彼女の世界は、こうした場所を全部合わせたよりも広いのかもしれない。私は、少なくとも彼女の生活はシンプルだと、改めて思い起こす。そして自分が、これまでにときおり思いだしたように、あまり衣服を買い過ぎないようにしたり、家具を買わないようにしたりして、伯母さんのシンプルな生活を真似《まね》ようと努めてきたことも。でも、同時に、イリヤナ伯母さんの生活は、シンプルとはほど遠いようにも思える。彼女の役割は、私たち家族の物質的な遺産を維持すること、村にある先祖代々の小さな家を守ること、私たちが帰りたくなったら帰ることができ、私たちが何者であるかのしるしを、たとえどんなにかすかなものであったとしても、見出すことのできる遠く離れた世界を保持することだ。

イリヤナ伯母さんの死

一年後、イリヤナ伯母さんが亡くなったことを知ったとき、私は両親の家にいて、最近走れるようになった十六カ月の甥エゼキエルの子守をしていた。深刻な話をしながら、エゼキエルを膝にのせてじっとさせているのは、容易ではない。彼は、新しく獲得した、動くための能力をできるだけ使いたがる。場所から場所へ、父の膝から私の膝へ、リビングのソファから窓のカーテンへ、さらにテレビへとスキップして飛び移る。テレビは彼の安全のために、ぐらつくテーブルの上から床に下ろしてある。エゼキエルはまた、意味不明の言葉を叫んで、獲得したばかりの発話能力を発揮する。だから父は、彼と争うように大声を出さねばならない。「たった今、ハイチから電話をもらった。イリヤナが死んだそうだ」

父の顔に浮かんだ悲痛の表情は、連絡と交通手段の現実を思ってさらに曇る。死の知らせがポルトープランスまで届き、それから電話で私たちに知らされるまで、丸一日かかっていた。つまり、イリヤナ伯母さんの葬儀はもうすでに終わっているということだ。参列という選択肢は、はじめから与えられていない。

エゼキエルがついに自分でテレビをつけることに成功して、自慢げに叫び声をあげる。私は、注意をそらしてくれるものがあるということ、走り寄って、まだ早すぎる発見から彼を救ってやらねばならないことがありがたい。

膝の中に抱え込んでおとなしくさせようとすると、エゼキエルはもがく。彼をじっとさせせようと奮闘していて――耳元で彼の名前を囁いたり、買ってやることは決してないお菓子を買ってあげると約束したり、彼が大好きなアルファベットの歌を歌ったりしていて――私は気づく。今、束の間、父と私を悲しみから救っているのは、この子なのだと。

言うべきことはほとんどない。というか、父も私も言葉を見つけられない。そこで私は、代わりに告白する。この暴露もまた、私の震える唇を見つめる幼いエゼキエルの興味を掻き立てるようだ。

私は父に告げる。ボセジュール訪問の最後の日に、イリヤナ伯母さんが父にと三ポンドのコーヒーをくれたことを、そしてそのコーヒーがニューヨークのジョン・F・ケネディ空港で「違法農産物輸送品」として税関吏に没収されたことを。私は、結局は手に入らない物のことで無駄に嘆かせるのを恐れて、コーヒーの一件をそれまで父に話してなかった。たぶん、告白したいことはもっとあると思うけれど、それらを暴露したところで父の悲しみも私の悲しみも和《やわ》らげることがないのはわかっている。私はもっと長くボセジュールに滞在して、もっとイリヤナ伯母さんと話すべきだった。自分が、伯母さんが信じていた通りのジャーナリストだというふりをして、家族について、伯母さん自身について、もっと多くの質問をするべきだった。私は、当時ハイチに住んでいた伯父さんやニックと同じように、自分の訪問もまた普段通りのものだと考えるべきではなかった。私にとっては、これがイリヤナ伯母さんに会う最後になるかもしれないと予見しておくべきだった。なんといっても、伯母さんは年寄りで、遠く離れて住んでいるのだから。でも、これらすべての後悔の念を、あのとき山の中で思い巡らしていたとしても、今と同様に、辛くなるだけだったろう。

「コーヒーのことは、話してくれるべきだった」と、手を伸ばしてエゼキエルを、しっかり抱きしめた私の腕の中から救出しながら、父は言う。「私たちには、そのコーヒーが今必要だよ」

本当にその日あのコーヒーが――私たちに思い出させ、忘れさせてくれる、イリヤナ伯母さんの魔法の秘薬が――あればよかった。

エゼキエルを抱いて何とかしばらくじっとさせてから、父は彼を床に放す。エゼキエルはすぐに走り出してテレビのところに戻り、大喜びでまたスイッチを入れる。彼はそこに立ち、自分の目と同じ高さにあるスクリーン上の顔を畏敬の念をもって見つめ、それから小走りに近づいて手で触れる。そこにいる人びとが平板で、彼に応えてくれないとわかると、深く傷ついた様子だ。それから後ずさりし、父のところまで歩いて戻り、膝をつかんでズボンの脚に顔を埋《うず》める。

父が、幼いエゼキエルの頭をなでて彼の束の間の失望を慰めているときに、私は気づく。私のさよならの仕方は、少なくともイリヤナ伯母さんへのさよならは、もう二度と同じようにはできないだろうと。私はもう、その日すぐあとで、あるいは翌日、あるいは翌年に、また彼女に会うかのように、彼女が私をジャーナリストと呼ぶのをまた聞くかのように、ふるまうことはできない。

第二章
私はジャーナリストではない

あるジャーナリストの暗殺

二〇〇〇年四月三日、月曜日の朝、ハイチの最も有名なジャーナリストの一人であるラジオコメンテーター、ジャン・ドミニクが暗殺されたときに、私はこのエッセイを書き始めた。その朝私は、一連の急を知らせる電話で目を覚ました。最初の電話は単に、ジャンが、妻のミシェル・モンタスと共同でキャスターを務めているニュースと声明放送番組のために、彼のラジオ局であるラジオ・ハイチ・インターに朝六時半に着いたときに、確かに撃たれたかもしれないという噂を伝えるものだった。続いてかけてきた何人かは、ジャンが撃たれたのは確かだと断言した。頭と首と胸に七発の銃弾が撃ち込まれたと。最後のほうの電話は、とうとう、ジャンが亡くなったのは間違いないことをはっきりさせた。

　その後の数時間、私は、その春客員教授を務めていたマイアミ大学に行き、授業をこなしはしたが、もうろうとして靄《もや》のなかで過ごしているようだった。午後になって研究室に戻ると、さらに電話やｅメールが来た。親類や友人や知人からで、だれもが、こんなことが起こるとは信じられないと言った。そのときの、現実的《リアル》で仮想的《バーチャル》な会話のなかで、最もしばしば出てきた表現は、「ジャンは死なない！」だった。

　私たちがジャン・ドミニクという人物を知っていた期間は――ハイチのラジオで聞く声としてにしろ、直接にしろ――人それぞれ、さまざまだったけれど、だれもが、彼は英雄にふさわしく無敵なのだと思うようになっていた。何と言っても、彼は、兄のフィリップが殺されたにもかかわらず、デュヴァリエ独裁政権下を生き延びてきたのだから。フィリップは、大統領府のデュヴァリエ邸から道路を挟んで反対側にある軍兵舎を占拠してフランソワ・デュヴァリエを権力の座から引きずり降ろそうという、他の多くの作戦同様失敗に終わった侵攻作戦に加わって殺されていた。

　兄とは違い、ジャンは、何度かの逮捕とその結果の国外追放を生き延びてはハイチに戻り、自身のラジオ局を開き、つぶされては再度開き、ということを繰り返してきた。彼はオーナーでありディレクターでもあったので、今にも爆発しそうな政治情勢下では、雇われの身のジャーナリストには到底望み得ない、一種の自主性を行使できた。ジャンはずっと、見たところ何も恐れることなく、自分の意見を自由に述べ、非人道的だったり非倫理的だったりあるいはただただ不公平だったりということを自ら暴露してしまった個人や団体や組織や機関を批判してきた。もちろん、ジャンの人生はあまりにも多岐にわたる複雑なものだったから、彼の死後、こんなに早い時期に、それを十全に把握して理解することはできない。だがあの瞬間に、彼について間違いなく感動的で、かつ記憶すべきことに思われたのは、彼のハイチへのたぐい稀な熱情と、その熱情がついには、いかに彼を裏切ったかだ。

ハイチ映画史についての討論

私は今、一斉に押し寄せてくる記憶のなかで、それらをうまく選り分けて、ジャン・ドミニクに初めて会った瞬間を正確に思い出すことができない。子どものころハイチで、私はラジオで話す彼の声を何度も聞いた。その声は我が家から、あるいは隣家から、時に最大音量で鳴り響いていた。ニューヨークで大人になってからは、あまりにも多くのハイチ関連の集まりで彼に会ったので、私たちの最初の直接の出会いを特定することさえできない。それでも、私は、最初に私たちが長く話し合ったときのことを覚えている。それは一九九四年、ラマポ大学での美術展覧会でだった。この展覧会は、私たちの共通の友人で映画製作者のジョナサン・デミが主事を務めており、三人の新進ハイチ画家の作品を展示していた。ジャンは例によって亡命中の身となっていた。

ハイチの軍隊を指揮していた幾人かのアメリカ軍仕込みの大佐らが、ジャン＝ベルトラン・アリスティド大統領を退陣させ、ジャンのラジオ局を襲撃して破壊したのだった。展覧会の日の夜、ジャンと私が話し込んだのは、目を見張るほど色彩豊かな展示中の絵画と、それらの絵が彼の心に掻き立てる強烈な郷愁、できるだけ早くハイチの自宅とラジオ局に戻りたくてたまらないという思いについてだった。二、三週間後、ジョナサン・デミがジャンと私に、ハイチ映画の歴史に関する企画に参加するようにと依頼してきた。それから毎週、私たち三人はラマポ大学のキャンパスで会い、ハイチ映画について話し合った。その様子を、コミュニケーション学科の学生が撮影した。それらの会では私は、二人の妄想狂的映画愛好家の間に座って、ひどく気の引ける思いで、ほとんど口を開くことはなかった。私の仕事は、鼎談の材料にできる映画のリリースフィルムを見つけることだった。ジャンの仕事は、ジョナサンが技術や内容やスタイルについて質問するのに答えて、それらの背景や状況を説明し、私たちの理解を助けることだった。一九六〇年代初期の独裁政権下で、若いジャンはシネクラブを立ち上げ、ポルトープランスのアリアンス・フランセーズで週一回、上映会を開催していた。そこで彼は、フェデリコ・フェリーニの『道』のような作品を上映した。『道』は、サーカス芸人の少女の奴隷のような生活を描いたものだった。「いい映画を正しく観れば」とジャンは言った。「その映画の基本原理は、一つの政治的行為だ。フェリーニの『道』を観るたびに、たとえそこにファシズムや政治的迫害の可能性がなくとも、何か人生の黒い部分への反感を感じる」

もう一つの彼のお気に入りは、強制収容所の恐怖を描く、アラン・レネのドキュメンタリー『夜と霧』だ。彼は、何千人というハイチ人が拷問され殺されたデュヴァリエ時代の土牢のような監獄のことを話しながら、言った。「われわれにとってのアウシュヴィッツは、フォート・ディマンシエ〔デュヴァリエ時代の監獄で、政敵を尋問し拷問するために使われた。死者は三千人にのぼったといわれている〕だった」と。

マルセル・ヌマとルイ・ドロアンが処刑された一九六四年、アリアンス・フランセーズで『夜と霧』の上映会をしたあと、シネクラブはハイチ軍によって閉鎖された。ジャンは、それからしばらく映画製作に力を注いだ。そして、ハイチの美人コンテストについての皮肉半分の短編ドキュメンタリー『それでも私は美しい《メ・ジュ・スイ・ベル》』を共同監督し、語り手を務めた。これは、ハイチで、ハイチ人によって作られた最初の映画の一つだと言われている。

ラマポ大のハイチ映画史のクラスでの討論のために、ハイチ映画のリリースフィルムを見つける仕事は、非常に困難であることがわかった。それは、ジャンを始めとする映画製作者の多くが、亡命して放浪の生活を余儀なくされている間に、自身の映写用プリントを失ってしまったからだ。それでも、ビデオ撮影もされた討論の場では、私たちが映画のタイトルを挙げると、必ずジャンがその映画のプロットだけでなく、配給の方法とそれを取り巻く政治的枠組みまで詳しく説明してくれた。例えば、ジャンと同時代のラッスル・ラブーチンの映画『アニータ』は、農夫の両親から都市の親類に与えられ、主人となったその親類に虐待される召使いの少女の物語だ。

ラブーチンによると、シネクラブの活動中、ジャンは意欲的な映画製作者のための会議を開き、この第七番目の芸術を、大多数のハイチ人にとって、特に文字を読めない人びとにとって、必要不可欠のものと見なすよう促した。一番最近の調査によれば、ハイチ人のうち、読み書きができるのは、約五十六パーセントにとどまっている。もしも、読み書きができるということを、一冊の本をまるごと読めるという意味にとると、実際の数字はたぶんもっと低いだろう。恐らく、だからこそ視覚芸術がハイチで栄えたのだ。画家には、読み書きの知識は必ずしも必要ない。ジャンが映画製作者たちにフィルムを使ってしてほしかったのも、ラジオ番組や絵画のように映画を作ることだ。それは、だれにも開かれていて実現可能な手段だというだけでなく、その他の情報交換の手段や娯楽から締め出されている人びとに歓迎されるものでもあるからだ。「ジャンはわれわれに、映画脚本を書き上げてくれと言った」とラブーチンは後に語った。「ハイチの人びとにとって、意味のあるものを」

　私たちの映画クラスで、ジャンは、彼とラブーチンが、『アニータ』を持って旅回りをし、農民らが子どもたちを遠く離れた都市部の親族にやらないようにさせるために、ハイチの田舎のいたるところで上映会を開いたときのことを話した。この映画は、ハイチの住み込み召使い《レスタヴェク》という児童労働制の苛酷な現実を描いた物語として始まり、肌の色の薄いハイチ人女性が、主人公である召使いの少女の、妖精のような代母となって、彼女を救うミュージカルファンタジーとして終わる。

　同じ趣旨で、ジャンはまた自分のラジオ局で、ハイチの小説家ジャック・ルーマンによって書かれ、詩人ラングストン・ヒューズと学者マルセル・クックによって英語に翻訳された古典的なハイチ小説『朝露の統治者たち《グヴェルヌール・ド・ラ・ロゼ》』をもとにした映画の、クレオール語サウンドトラックを放送した。ルーマンのソフォクレス風の主人公マヌエルと、彼の農民の家族や友人たちのなかに、ジャンは貧しいハイチ人の原型を見た。彼らは、絶望的な生活に運命づけられているか、そうでなければ、移住を余儀なくされた挙句に、たとえハイチへ戻れたとしても、社会に再び融合することが不可能であるような現実にぶつかったり、あるいは死にまでも直面する。ジャンは、この小説のクレオール語版テレビドラマを自分のラジオ局で放送したことを、すこぶる自慢にしていた。というのも、彼が地方を訪れると、どこででも農民たちがやってきては彼に、ルーマンの本が語っているのはまぎれもなく、自分たちと自分たちの生活のことだと告げたからだ。『朝露の統治者たち』は、マヌエルの年老いた母デリラ・デリヴランスが、両手を地面に突っ込んで断言するところから始まる。「わたしらはみんな死ぬ。動物も植物も人間もみんな！」と。しかしデリラの絶望は、息子がキューバのサトウキビ畑から戻ってくると、希望に変わる。息子は、両親の家へ帰る途中で出会うすべての生き物に、こう歌って挨拶する。「育ちゆくものよ、育ちゆくものよ！　私はおまえに言う、『名誉！』と。おまえは、私が入れるように、答えねばならない、『尊敬』と。おまえは私の家、おまえは私の国なのだ」

デリラの絶望とマヌエルの希望は、微妙なバランスを生み出す。それは私自身、ハイチに帰るたびに思い起こすもので、亡命者の喜びと在住者の苦悩が――逆の場合もありうる、在住者の喜びと亡命者の苦悩とが――ぶつかり合うのだ。

一九九〇年代の初期にニューヨークに亡命している間、何人かの友人の強い勧めで、ジャンはときおり、ハイチの軍事政権による人権侵害をあつかうテレビやラジオ番組に出演した。この政権は、そのときまでにほぼ八千人の人びとを殺害しており、そのなかにはアントワン・イズメリというよく知られた実業家や、時の法務大臣ガイ・マラリーも含まれていた。ジャンは、イズメリもマラリーも知っていたので、彼らの殺害後、依頼に応じてチャーリー・ローズ・ショーにゲストパネリストとして出演し、ハイチを特集したフィル・ドナヒュー・ショーの収録のときには聴衆席に座った。ドナヒュー・ショーの収録中、フィル・ドナヒューがアレーテ・ベランスのひじから先が切り落とされた腕を持ち上げると、ジャンは座ったまま身体をくねらせてもがいた。この女性は、軍事政権の準軍事組織隊員にナタで切りつけられ、舌と片腕を切り落とされたのだった（本書第五章参照）。収録のあと、ジャンはほとんど泣き出しそうな様子で言った。「私の国には希望が必要だ」と。

美しく勇敢な人びと

私たちのハイチ映画プロジェクトは、学期末をもって終了した。その後、ジョナサンとジャンと私は、ニューヨーク州ニャックにあるジョナサンの事務所で会い、さらに討論を続けた。

ある日、ジョナサンの製作助手ネダと一緒に車でニャックに行く途中、ジャンは、前夜ペドロ・アルモドバルの映画を観ていて再発見した言葉のことを、私たちに話してくれた。「グァパ」という言葉だ。いつもくわえているパイプをふかしながら、ジャンが苦心惨憺して私たちに説明したところによると、「グァパ」な人は、とてつもなく美しく勇敢だ。勇敢に美しいんだ、と彼は付け足した。もっとはっきり説明してくれるようにと迫って、ネダと私はかわりばんこに私たちみんなが知っている女性の名前を大声で言った。ジャンの奥さんのミシェルから始めて。

「ミシェルはすごく……」

「グァパ！」と、彼は熱狂的に叫び返した。ジャンが抱く、人生への生気あふれる愛と、妻ミシェルへの比類なき献身が光を放つことが何度もあったが、このときもそうだった。

あのグァパな日、ネダはニャックに泊まらなければならなかった。そこで彼女は、私にキーを渡して、ジャンをマンハッタンまで送るようにと言った。私は、免許を取って三年になってはいたものの、教習所の車以外、まだ一度も運転したことがなかったのだけれど、彼女にそれを言うのは控えた。そのことをジャンに告白すると、彼は賢くも、自分が運転しようと申し出た。私たちは、何時間もかけてニューヨークのロックランド郡とパリセーズを抜け、ジョージ・ワシントン橋を越えたが、そのあたりでとうとう、ジャンがパイプをふかしながら私の出す不確かな方向指示に従っているうちに、完全に道に迷ってしまっていることに気づいた。

やっとマンハッタンに着いたのは午後遅い時刻で、車を私に引き渡したジャンは、縁石沿いに停めた車を私が動かすと、心配そうな顔をして、私が角を曲がってマンハッタンの車の流れに溶け込んでいくまでじっと見つめていた。

民主的選挙で選ばれた大統領ジャン＝ベルトラン・アリスティドは、その後まもなく権力の座に返り咲いた。その次に私がジャンに会ったのは、ハイチの、彼とミシェルの家でだった。

「ジャン、あなたグァパに見えるわよ」と、私は彼に言った。

彼は、声を立てて笑った。

ジャンが自分の家の中で、自分の本や写真や絵に囲まれて、自由に動いているのを見るのは、素晴らしい気分だった。彼が逃亡生活のあいだずっと、片時も途切れることなく、故国に帰る日を夢見続けていたことを知っていた私としては、殊にそうだった。

夕食時に、ジャンは、クーデターのさなかや、その後に命を落とした人びとを悼んで、彼らの話をした。アントワン・イズメリ、ガイ・マラリー、そして彼らよりあとに亡くなった、人びとに敬愛されていた司祭のジャン＝マリ・ヴァンサン師。これらの広く知られた殉教者たちの名前に、こうしてジャンの名前を加えねばならないのは、今でもまだ想像しがたいことに思える。こんな暗殺はもうやんでほしいと、彼がどれほど熱く語っていたかを思うと、なおさら。

「こんなことは終わらせなければ」と彼が言っていたことを私は覚えている。「終わらせなければ」

ディアスポラとして生きる

ジャンの葬儀の前日、マイアミからハイチに飛ぶために私が乗った飛行機は、ハイチの縮図のようだった。727ジェット旅客機に一時間半押し込められていたのは、次のような人びとだった。マイアミエリアのキャンパスから、週末に帰省する若い裕福な大学生。外国で仕入れた商品をいっぱいに詰めたスーツケースを持って旅している行商人。米国からの国外追放者の男性三人。喪服を着た年配女性の一団。彼女たちもまた、おそらく葬儀のために帰るところなのだろう。そして前方の席には、ハイチの前大統領ジャン＝ベルトラン・アリスティド。マイアミ大学法科大学院での講演を終えて帰国するところだ。私たち全員がこの飛行機に乗って、フランス語、英語、クレオール語の機内放送を聞いているのは、何か非現実的なことに思えた。私は、あの日の午後、ニューヨークのパリセーズで道に迷ったときにジャンと交わした、たくさんの会話の一つを思い出さずにはいられなかった。

あのとき私は、彼が「ぼくの国」と確信を持って言え、また実際にしばしばそう口にしているのが羨ましい、と言った。「ぼくの国は苦しんでいる」と、彼は言うのだった。「犯罪者連中に支配されている。ぼくの国はゆっくり死につつある、溶解しつつある」

「私の国はね、ジャン」と私は言った。「不確かな国なの。私がハイチ人に『私の国』と言うと、彼らは私がアメリカを指していると思う。アメリカ人に『私の国』と言うと、彼らはハイチだと考えるの」

私の国は、いま第十番目の県と呼ばれているものだと私は、移民としても芸術家としても、感じていた。当時ハイチは地理上は九つの県に分かれており、第十番目は漂っている故国、観念的な故国で、ハイチの外で生きているすべてのハイチ人を、ディアスポラ《ジャスポラ》のなかで結びつけるものだった。

私は、ジャンが亡くなった日の朝に書き始めたこのエッセイで、クレオール語のジャスポラのもつ重層的な意味をなんとか説明したいと考えていた。そのために、作家ジェラール・アルフォンス＝フェレールが、一九九九年八月二十七日にワシントンDCのハイチ大使館で行なった演説から、一つの表現《フレーズ》を借りるつもりだった。この演説で、彼はディアスポラ／ジャスポラを「人びとが外国の地に散っていったときに、それを指して言うために採用された用語」と説明している。しかし、ハイチの社会背景のなかではそれは「世界の多くの国に住む数十万ものハイチ人を指す」のに用いられる。私はこのエッセイで、移民であり、作家である人間として、私が個人的に経験してきた事柄を挙げようと思っていた。ハイチに住む友人や家族との会話のなかで、彼らとは反対の政治的見解を述べると、ジャスポラと呼ばれることを。彼らは、どうすれば簡単に私を黙らせることができるかを知っていて、言うのだった。「あなたに何がわかる？　あなたは国の外に住んでいるじゃないか。あなたはジャスポラだ」と。私は、それよりは辛くない記憶である、ハイチの首都や地方でびっくりさせられたときのことについても書くつもりだった。見知らぬ人が、私の注意を引こうと、大声で呼びかけるのだ。「ジャスポラ！」と。まるで、それがミス、ミセス、マドモワゼル、マダムと同じような呼称であるかのように。私はまた、レストランやパーティーや公の集まりでの会話や討論を思い出して語るつもりだった。そのような場所では、ジャスポラとは、そう呼ばれるのが正当か不当かはともかく、傲慢で無神経で横柄でうぬぼれた人びとであり、国が問題を抱えて苦しんでいるときには逃げ出して戻らなかったのに、安定してくると帰ってきて、よい職業と政治的立場がもたらす利益を享受することに熱心な連中として分類されるのが常だった。そのように言われると、私は恥じ入って頭《こうべ》を垂れ、批判に甘んじるのだった。何千人もの人びとに亡命か死かの選択を強いた独裁政権下の国を十二歳のときに離れ、遠くで生活していることに罪の意識を感じて。

けれども、このエッセイでは私は、彼のラジオ局を訪れたときの会話で私が口にした、今振り返ってみれば取るに足りないジャスポラとしてのジレンマに対する、ジャンの反応を思わずにはいられない。そのときの私の用件は、ジョナサンが、ハイチを舞台にした私の短編の一つから制作した、クレオール語の番組について話し合うことだった。それは、ハイチから飛んで逃げるために熱気球を盗む男についてのラジオ劇だった。最初に書いた英語の原作から翻訳する——再翻訳する——のは、妙に現実離れした経験だった。まるで、人びとが話すクレオール語を私が英語で書いた声が解放され、ついに私は、イリヤナ伯母さんのような人びと——時間が足りないとか、便利なものや気を散らされるものが多すぎてというのではなく、学習の機会がなかったがために文字を読めない人びと――のために書いているかのようだった。

私は今、突然エッセイのなかに記した過去に戻る。寄生虫的なジャスポラ――国外の人間でありながら白人《ブラン》ではない者――と呼ばれて恥じ入り、頭を垂れたところに戻る。でも私は、そのときの記憶を、次のジャンの言葉とともにこのエッセイのなかに持ち込みたい。「ジャスポラというのは、両方の世界にしっかり足をつけている人たちのことだ」と、彼は言った。「恥じる必要はなにもない。きみのような人は、百万人以上もいる。きみらは一人じゃない」

彼自身何度も亡命して、定義するのを助けてほしいと私が願っているまさにそのジャスポラの身分を体験してきているから、ジャンは私たち全員に同情することができた。アメリカや、その他の国に住んでいる亡命者、国外移住者、難民、移住労働者、遊牧民、移民、帰化市民、移住世代、移住二世、アメリカ人、ハイチ人、ハイチ系アメリカ人、男、女、子どもたち、全員に。移住するということを、彼はよく理解していた、田舎――ハイチ人の多くが、外側の国《ペイ・アンデヨ》と呼んでいた場所――からハイチの首都へであれ、ハイチ国境から他の国の岸辺へであれ。

新たなる神話の創造

ジャンの葬儀は、ポルトープランスの中心部にあるシルヴィオ・カトル・サッカースタジアムで執り行なわれ、何千もの人びとが、彼の棺とジャン・クロード・ルイサンの棺のそばを流れるように歩いた。ルイサンはラジオ局の警備員で、局の駐車場でジャンと一緒に射殺されたのだった。ジャンの顔をプリントしたTシャツが配布されていて、彼の妻や娘たちや姉妹たちを含め、だれもがその日スタジアムではそれを着ていた。この殺人事件の解明を要求する横断幕がポルトープランスの通りに並び、同様の思いをぶつけた落書きが政府の建物の壁という壁に書きなぐられていた。スタジアムでのセレモニーで、ジャンはハイチ政府から死後の勲章を授与された。だが、彼の本当の葬儀は、その一週間後にアルティボニテ・バレーで行なわれた。この土地で彼は若いころに、農学者として働いていたのだった。この地で、彼の遺灰は、国の穀倉地帯の中心部を流れるハイチ最大の川の上に撒かれた。彼の遺灰を撒いたのは、妻のミシェルと、彼が長年にわたって友として協力してきた、農民団体の指導者たちだった。

ジャン・ドミニクの娘で、発音上父と同じ名をもらった、小説家でラジオパーソナリティのジャン・J・ドミニクは、回想録『放浪する記憶《メモワール・エラーント》』にアルティボニテ・バレーでの儀式のことを書き、ジャンの通夜のさなかに彼女が目撃した、神話の創造について報告している。ある人が、ジャンの妻ミシェルに話したそうだ。「ねえ、奥さん、彼はしょっちゅうおれたちに会いに来てくれましたよ。おれたちについて川を渡って、高い山の中にあるコーヒー農園まで、ずっと一緒に来てくれたもんでした。おれたちと一緒に寝て、おれたちと同じ生活をするんですよ。ひと月前も、彼はここにいましたよ」

「ミシェルは私を見やった」とジャン・Jは記した。「私は当惑している。私の父は、近年この地域に住んだことはない。先月は、ポルトープランスから外へは出なかった。アルティボニテに行ったのは、ジャーナリスト兼活動家として活動するためだった。畑で植え付けも収穫もしなかった。だが私たちは、この人の誤りを訂正しない。私たちはまだ父の遺灰を川に撒いてさえいなかったのに、父はすでに伝説になっていた」

私は、ジャンの散骨を見ていたときのことを覚えている。ジャンの遺灰は、トウモロコシの皮で覆われたヒョウタンに入っていて、彼の妻の震える手から、数人の土地の農夫たちの手に渡された。彼らはゆったりと流れる川に、それを撒いた。私は、あんなに痩せた人だったのに、何てたくさんの遺灰だろう、と思ったのだった。

散骨の場面は今では、ジョナサン・デミが監督制作した、ジャンの生涯のドキュメンタリー映画の一部になっている。ドキュメンタリーは、『農学者』というタイトルになった。というのは、ジョナサンは何度もジャンにインタビューしたが――そのときジョナサンが思い描いていたのは、亡命先からのジャンの勝利の帰還で終わる映画だった――そのうちの一つで、ハイチの最も有名なジャーナリストと呼びならわされていたジャンが、ジョナサンにこう告げたからだ。「きみは驚くかもしれないが、私はジャーナリストではない。私は農学者なんだよ」

二〇〇〇年の十二月、ジャンの死後八カ月が経っても、彼の死に関するハイチ政府の調査は何の成果もあげていなかったが、私はマンハッタンのレストランで、彼の未亡人ミシェル・モンタスに会った。この事件について「ネイション」誌に寄稿する記事のためのインタビューが目的だった。ミシェルは、すらっと背が高く、ハッとするほど美しくて、いつも陽気で、実にグァパな女性だったけれど、ジャンの死について詳しく話すために、彼の死後はじめて会ったその日は、何カ月も前の彼の葬儀のときと変わらず悲しげだった。昼食にはほとんど口をつけず、水をわずかに飲んだだけだった。彼女のグラスをチェックするためにやってきたウエイターが足を止めて、彼女がジャケットにつけていたバッジについて訊いた。バッジには、ジャンの写真があった。ジャンの鋭い眼と吊り上がった眉と広い額の上には、「ジャン・ドミニクは生きている」という文字があった。

「ジャン・ドミニクってだれです？」と、ウエイターはミシェルに訊いた。

「私の夫よ」と、彼女は答えた。

　彼らが亡命を余儀なくされた期間を除いて、二十年以上にわたって二人は一緒に仕事をし、朝のニュース番組を共同で司会していた。この番組の目玉は、ハイチの人たちの社会的・政治的生活に関する、ドミニクの解説だった。味方も敵も、それを聞いた。ジャンが好んで言っていたように、「漂うにおいを嗅ぎ、様子を見」たいなら「街《ベトン》に近づいていかなければ」、街の人びとの気分を測らなければならない。ジャンとジャン・クロード・ルイサンがラジオ局の駐車場で暗殺されたとき、普段通りの朝だったら、ジャンとミシェルは一緒にいただろう。

「いつもは、私たち一緒に出勤していたの」とミシェルは、泣かないためにペースを調節しているかのように、注意深く言葉を引き出しながら、説明した。「あの朝は、番組のために何かの国際ニュースを見るというので、ジャンは私より十分早く家を出たの。私が家を出て車に乗り込むと、ラジオからはいつものお知らせが流れて、それから音が途切れた。局に電話すると、電話に出た人が『とにかくすぐに来て！』と叫んだのよ。駐車場に車を乗り入れると、警察がいたわ。ジャン・クロード・ルイサンが見えた。それから、ジャンが地面に横たわっているのが。私は彼に呼びかけたけれど、彼は答えなかった。私は医者に電話しようと、階段を駆け上がった。何かできることがあるはずだと思って。医者が間違いないと言うまで、私は、彼が死んだとは信じなかった」

当時ちょうど辞任することになっていたルネ・プレヴァル大統領は、ジャンとミシェルの親しい友人だったけれども、八カ月後も、この殺人事件は解決していなかった。第一期目の最後の一般教書演説でプレヴァル大統領は、彼の五年間の大統領任期中の最大の弱点は正義の実現であったと認めた。ジャンの事件を引き合いに出し、彼は議会政治家たちに警告した。「もしわれわれが彼の亡骸《なきがら》を、この重大な決意をすべき十字路に、犯人に刑罰を課すことのないまま放置するなら、ジャンを殺した連中がわれわれをも殺すことのないよう、よく用心しなくてはならない」

その年の秋、容疑者ジャン・ウィルナー・ラランが、逮捕される途中で狙撃され、事件解決の重要な手がかりが消えた。三十二歳のラランは、その後死亡した。報告によれば、死因は呼吸器系の合併症と心停止で、臀部から三発の銃弾を取り除く手術中のできごとだったという。ラランの遺体は死体保管所から消え、まだ見つかっていない。

ドミニクが亡くなってから一カ月後の二〇〇〇年五月三日に、ミシェルはラジオ・ハイチ・インターを再開し、彼女にとって初めての単独放送を、いつもの夫への挨拶「おはよう《ボンジュール》、ジャン」で始めた。局が再開した日の朝、私は、ジョナサン・デミやジャンとミシェルの他の多くの友人たちとともに、スタジオにいた。プレヴァル大統領もいた。撮影と、あたりをうろつくことの他に、私たちにできることはほとんどなかった。私たちがそこにいることは、なんの慰めにもならなかった。私たち全員が、廊下にひしめき、抱き合ったりメモを取ったり、大体において邪魔になりながらもそこにいたのは、ジャンがそこにいなかったからだ。ラジオ再開の朝、辛辣で詩的な声明放送のなかで、ミシェルは聴取者たちに宣言した。「独立ジャーナリスト、ジャン・レオポルド・ドミニクは死んではいません。彼は私たちのスタジオに、私たちとともにいます」と。彼女はさらに続けて、バッジの短いメッセージが表明しきれなかったことを詳しく述べた。ひどい暴力にうったえてジャンを黙らせようとした人たちの試みは、決して成功しなかった、と。プロメテウスのように、と彼女は言った。彼は、神々から火を盗む方法を会得していた。

その放送の後、三日間は、過去のジャンの番組が放送された。最初は、ある女性へのかなり長いインタビューで、彼女の子どもは、他の六十人のハイチ人の子どもたちと同じく、あるハイチの製薬会社が配給した、中国製の有毒な咳薬を服用したあとで死亡していた。次は、肥料価格の高騰に反対する農民指導者のインタビュー。最後は、ハイチ人劇作家と映画製作者との対話だった。

ジャンの暗殺後何カ月もの間、ミシェルはしばしば、彼の死亡事件の捜査状況についてラジオで報告するという、非常に難しい仕事をしなければならなかった。捜査の当事者である彼女には、ハイチの法律によって課せられた守秘義務があったけれど、公文書に記された検死陪審の見解にコメントすることはできた。

「捜査の進行が遅くなっていると感じるたびに」と、昼食の席で彼女は私に言った。「何か言わなければいけないって自覚するの。それには判事の許可が必要だけど、でも人びとに知らせなければならないことがあると感じたら、私はそれを報告せずにはいられない。私がしようとしているのは、この事件をもうあとには引けない段階に、解決するしかないところまで持っていくことなの。状況を報告するというより、私たち自身が事態の一部になってしまったわ。事態の外にとどまってはいられないときがあるのよ、たとえとどまりたくても」

ジャンの死後八カ月間、ミシェルは集会やデモに参加し、他のジャーナリストたちや被害者の人権団体、農民団体などとともにピケを張って、ジャン殺害の犯人たちを見つけて起訴するよう要求した。

「この遺体は、死んで冷たく横たわったままではいないわ」と、彼女は言った。「ジャンの死の問題は、国内で大きな関心を集めている。人びとは、ジャンのための正義の実現を求めているし、保護を求めてもいる。みんな、私の夫が殺されることがあり得るのなら、他の人にだって同じことが起こり得ると思っている。私たちは、罪を犯しても罰せられずに済むというこの風潮を終わりにして、今こそ正義を実現しなければ」

そのころのミシェルは、その仕事がどんなに難しいかを、おそらくハイチ中のだれよりもよく知っていた。時が経つにつれ、彼女は不安になった。夫の名前が、ほとんど忘れ去られた殉教者たちの長いリストに加えられることになるのではないかと。彼らのうちの何人かの顔が、ラジオ局の廊下に貼ってあるポスターから不気味に大きく見えてくるようだった。

「私の目的は、ジャンを生かし続けること」と、彼女は言った。「それが、今の私にとって大事なことなの。私のエネルギーの半分は、それに費やされる」

だれがジャンを殺したとあなたは考えているの、と私は訊く。

「わからない」と、彼女は答える。「結局、私はジャーナリストだもの。うわさにかかずらうわけにはいかない。私が求めているのは事実、証拠よ。私にわかっているのは、この犯罪に金を出した人物を私たちが知らないという事実が、私たちみんなを危険に陥れているということ」

犯罪現場にいたものと特定された車の持ち主だと判明して、ある警察官が逮捕されたときには、ミシェルは幾分勇気づけられた。

「何かが動いている感じがするの」と、彼女は言った。「私たちは、何かに近づいている。もっとはっきりした手がかりに近づいているわ」

けれども、その手がかりが具体的な形をとることはなかった。一人の容疑者は上院議員だったが、議員の免責条項を楯にとって、捜査に協力することを拒否した。取り調べを行なっていた判事たちは、命の危険を感じて国から逃げた。二〇〇二年のクリスマスの日に、ある人物が暗殺目的でポルトープランス郊外のミシェルの家の庭に入り込んで狙撃を始め、彼女の若いボディーガードの一人、マキシム・セイドを殺した。暗殺者は、彼女を殺すためにやってきたのだが、勇敢なマキシム・セイドに阻止され、恐れをなして逃げたのだった。

私はそのとき、夫とともにハイチにいて、南部の小さな町で義母と一緒にクリスマスを過ごしていた。みんなで、義母がいつもつけているラジオを聞いていると、ミシェルが殺されたと誤って報道しているニュース速報が耳に飛び込んできた。私たちは、なんとか真相をつきとめようと、共通の友人たちに電話をした。するとみんな、ミシェルは大丈夫、生きていると断言してくれた。でも私は、実際に彼女に会うまで、心の底から信じることはできなかった。

暗殺の企てから少しあとに、彼女の家を夫と二人で訪問したとき、彼女は落ち着いていたけれども悲しげだった。彼女は、今度もまた死を免れたけれど、その代わりに命を落とした人がいた。彼女は、憤りと反抗心を顕わにすることもあったけれど、見ている者の目には、すでにすべてが彼女にとって大きな負担になりつつあることは明らかだった。責任が、彼女にのしかかっていた。彼女自身に対する責任と、暗殺が企てられたときに彼女とともにいた年老いた母親に対する責任。そして、ジャーナリストたちやラジオ局で働く人びとに対する責任。この人たちは、ジャンの暗殺に関する説得力を欠く報告が一つ公にされるたびに、ますます多くの脅迫を受けるようになっていた。

二〇〇三年の三月に、なおも脅迫が続くなかで、ミシェル・モンタスは、彼女と彼女の夫が人生の何十年かを捧げたラジオ局を閉じ、ニューヨークへ渡った。一人で亡命するのは、彼女とジャンが一緒になって以来初めてのことだった。

「私たちは、三年間で三人の命を失いました」とミシェルは、ラジオ・ハイチ・インターの放送を打ち切ってすぐあとに、アメリカ人ジャーナリストに語った。「私はもう、これ以上葬儀には出たくなかったのです」

第四章
記憶の娘たち

フランス文学の記憶

私が最初に、ジャン・ドミニクの娘でハイチ人小説家である、ジャン・J・ドミニクの作品を読んだのは、私がまだフランス語で書かれた本一冊全体を、一度も辞書を引かずに読めたころだった。その五年前、十二歳で、私は（伯父と伯母と一緒に住んでいた）ハイチを離れ、両親と一緒に住むためにニューヨークのブルックリンに移住していた。新しい土地で、同じ学校の生徒たちが遠慮会釈もなく、汚いハイチ人とかフランス野郎とかボートピープルなどと私を呼んでいるなかで、私は故国の言葉に飢えていた。ニューヨークでの読書は、ハイチでしていたそれとは違っていた。ハイチでは、機械的に暗記することが私の年齢の子どもたちの主な学習方法で、私は少なくとも百万語くらいを深く味わいもせずに暗記し暗唱して、そしてすぐに忘れてしまっていた。どちらかといえば、私はそれらの忘れてしまった語句に腹を立てていた。長くて複雑で不可解で、時に、熱帯の国に暮らす私の現実には無関係の言葉だったからだ。たとえば、私たちは季節についてのレッスン内容を暗記させられたが、そこでは季節は 春《ルプランタン》、夏《レテ》、秋《ロトン》、そして冬《リヴエル》と挙げられていて、私たちの生活のなかにある乾季も雨季もなく、ハリケーンの季節さえなかった。でも、少なくとも私たちは、フランス植民地主義信条「われらの祖先ガリア人」を、私たちの黒い顔と黒い目で前を見つめながら、私たちのアフリカ人の唇で暗唱することを強制されてはいなかった。それでも、強制的に抹殺されていたものもあった。その一つは、独裁政権が残酷な検閲制度を布いていたために、ハイチ生まれの作家の作品を、たとえ短編小説でも、読んだことのある子どもは私の知る限り一人もいなかったという事実だ。私たちが学校で読まされたのは、一部のフランス小説からの抜粋で、その中にはアレクサンドル・デュマ・ペールとフィスの『三銃士』と『椿姫』があった。

上の学年の生徒の多くは、エミール・ゾラによる虐げられた階層についての微に入り細をうがつ描写も読んだが、それは、私自身が住んでいた貧困地区の現実を強く反映してもいた。これらとラ・フォンテーヌの『寓話詩』、ブレーズ・パスカルの『パンセ』、そしてフランソワ・ラブレーの低俗な笑いが、自国が生んだ同時代の才能のために費やされていたかもしれない空間と時間のすべてを占領してしまっていた。こう書いている私の耳には、私と同世代のハイチ人たちの

（そしてまた、私より下の年代と上の年代の）抗議の叫び声が聞こえる。彼らは、私の肩の上の空間――読者たちが、喝采したり不満の声をあげたりブーイングしたりするために前もって陣取っている、すべての作家の肩の上方にある観覧席――から、叫んでいる。彼らは今シッシッと非難の声をあげ、声をそろえて、あるいは個々に、私の言うことは矛盾しているし嘘だとののしっている。「私は十二歳のときに、ハイチ人作家の作品を読んだ」と彼らは言う。でも私は、彼らのほうを向いて答えねばならない。私は、私自身のことを書いているのだと。

　私の小学校のときの、若い文学の教師の一人ロイ先生は、フランス文学が大好きでいつもそこから引用していた。彼女はいつも、「著者が言ったように《コマ・ディ・ロトゥール》」と言ってから、ヴォルテールやラシーヌやボードレールの言葉を引用するのだった。十分に「洗練された」人となるために、私たちはこうした作家の作品を読まなければならない、と彼女は考えていた。

　私はのちに大学でフランス文学を専攻することになるが、それは私がひそかにこの教師を敬愛していたからだと思う。私は覚えている。彼女のココアブラウン色の肌、マニキュアを塗った爪、無理に真似《まね》ていたパリジャン風の発音、かすかに漂うベチベルソウの芳香、完璧に折り目のついた服、熱気が生みだすかげろうのなかで、先の尖った彼女のハイヒールが地面に着いていないようにさえ見えるほど最高に暑い日でも、決して汗をかかない顔を。私の天使のような文学の先生は、たとえ自国で生まれた文学の存在を知っていたとしても、その事実を決して表には出さなかった。

ニューヨークで出会った、ハイチの小説

というわけで、私は、まだフランス語で書かれた本一冊全体を一度も辞書を引かずに読めたころに、初めてジャン・J・ドミニクを読んだ。アメリカに住んで五年になる、十七歳のある土曜日の午後、私は毎週の習慣どおりに、何か読むものを探しにブルックリン公立図書館の第一分館に行って、ショックを受けた。ハイチの本《リーヴル・アイシアン》というラベルの貼られた、新しい二つの狭い棚を見つけたのだ。そこに並んだ本のほとんどはまだしっかりして新しく、まるで注意深く包装され、優しい手でその棚まで運ばれたかのようだった。ハイチでは、三十年にわたるデュヴァリエ独裁政権が倒れたばかりで、おそらくブルックリン図書館のハイチ人利用者のうちでよく発言する人たちが、変わり続ける祖国を遠くから理解する一助となるような、自分たちのことが書かれた本をもっと置いてくれと要求したのだろう。

私は、詩集と政治評論が並ぶなかで、唯一残っていた二冊の小説を借り出した。ジャン・J・ドミニクの『記憶喪失者の記憶《メモワール・デュヌ・アムネジーク》』とジャック・ルーマンの『朝露の統治者たち《グヴェヌール・ド・ラ・ロゼ》』のフランス語版だ。ルーマンの本のほうが短かったので、私はまずそれをむさぼり読んだ。たぶん、あのときの熱中した最初の読書のおかげで、私はそれからもずっとジャック・ルーマンと内なる対話を続けていて、それが二〇〇四年の私の本の『露を壊す者《ザ・デュー・ブレイカー》』というタイトルとなって表われたのだろう。

この作品を私は、長編でもなく短編集でもなく、その中間のものにしようと思って書いた。ルーマンとの対話を熱望しているのは、私だけではない。彼の生誕百周年記念に捧げる言葉のなかで、ジャン・J・ドミニクは書いた。「長年にわたって、ジャック・ルーマンはしばしば私の人生のなかにいた。理由はさまざまだった、文学から政治、ヴードゥー、言語学上の選択、私的な考察や職業上の活動にいたるまで。ルーマンはときどき私の日常生活のなかにも入り込んできた。ジャーナリストとして、教師として、市民として。そしてなにより私は、自分は文学上の孤児であるという自覚のなかで、彼の不在を感じ続けてきた」

私たちの物語は、これまで私たちが経験してきたあらゆることと読んできたすべてのものの私生児であるから、作品をコラージュ風に書きたい、私自身の物語を、他の人びとの口述されたり書かれたりした物語と融合させたい、という私がときおり抱く願望は、ブルックリン公立図書館のハイチ図書セクションから逸る心で借り出した二冊の本を読んだことに始まる。その二冊の本は、文学的孤児たちによって、他の文学的孤児たちに読まれるためにのみ書かれたものだったのかもしれない。

本を、その表紙によって判断することに関する格言はさておき、私は、ジャン・J・ドミニクの『記憶喪失者の記憶』を手にしたとき、もちろんその矛盾するタイトルに惹かれた。記憶喪失者がどうして記憶できるのか？　記憶喪失者だけに許される、特別なタイプの記憶があるのかもしれない。他の記憶喪失者か、ほぼ記憶を喪失している者のみが共有することのできる記憶が。

私はハイチの口述文化にどっぷり浸って成長していたけれど、それをフランス語で記述している作品は、それ以前には見たことがなかった。ことに、これほど複雑に入り組んだ品位ある筆致では。この作品では、子ども時代が深く感動的に探求され、複雑な父娘関係が描かれるが、残忍な独裁者の存在によって話はさらに複雑なものとなる。この独裁者は、民間伝承までも生理的な武器として利用し、古い神話を生きた悪夢に変えた。そうして、言うことをきかない子どもを捕まえにきて、ナップサックに入れて持ち去る子取り鬼《ブギーマン》、トントン・マクートの伝説は、デニムの服を着た殺し屋に姿を変えて生き返る。彼らは、独裁者に命令されれば喜んで自分の父母をも殺害する子分たちなのだ。

歴史を忘却する人びと

外国人ジャーナリストがフランソワ・デュヴァリエに、あなたはハイチ国民にとって何を象徴しているのですか、と訊いた。するとデュヴァリエは答えた。自分は彼らの父であり、聖母マリアが彼らの母である、と。デュヴァリエはまた、墓地の守護神バロン・サムディの衣装を身につけており、マルセル・ヌマとルイ・ドロアンの公開処刑のときには、この格好で、あるいは軍人の迷彩服姿で、群集に紛れてひそかに見物していたと信じられていた。だから、すべてのハイチ国民は、ジャン・Jの小説に出てくる未来の若い作家のように、誰の目を見つめればいいのか、誰に微笑《ほほえ》みかければいいのか、誰を愛すればいいのかさえ確信できない、おびえた子供たるべく定められている。それというのも、愛は簡単に何か醜いものに、暴力をとおしてしか表現できないものに、変わり得るからだ。たとえば、作中の娘が受けたような平手打ち。それは、目撃した悪事を非難する言葉を口にしてはいけないから、彼女を黙らせてより大きな傷から護るためなのだ。たとえばまた、愛してしまう恐怖を隠すための冷淡な態度。なぜなら、いつ去らねばならなくなるか、身を隠さねばならなくなるか、亡命せねばならなくなるか、分からないから。いつ死なねばならないか、わからないから。いったんいなくなってしまったら、私のことを覚えていてくれるのかどうか、わからないから。

これは私の確信だが、記憶と格闘するというのは、ハイチ人が囚われている多くの複雑なことの一つだ。勝利を記憶し、失敗は言い繕ってごまかしてしまえばよいというのが、国民全体の総意のように思える。だから、私たちはハイチ革命についてまるで昨日のことのように話しながら、人民をその革命に駆り立てた奴隷制についてはめったに口にしない。私たちの絵画は、輝かしいエデンの園のようなアフリカのジャングルを描くけれども、「中間航路」〔三角貿易のうち、アフリカ―アメリカ大陸・西インド諸島間の人類史上例を見ない凄惨きわまる奴隷貿易航路〕を描くことはない。私たちは、救世主と独裁者の間を、そして自国の抑圧と外国の暴虐の間を、まるでジェットコースターに乗せられているように滑り続けてきた。その挫折と幻滅の長い歴史から、私たち全員が共有している粉々に打ち砕かれた精神を守るために、私たちは、社会全体が歴史を通しての記憶喪失症を涵養《かんよう》し、毎度同じような恐ろしい事態が近づいているのに気づかず、結局はその悲惨を再び生きるというサイクルを、際限なく繰り返している。

二度と外国人にハイチの地を踏みにじることはさせない、と一八〇四年に共和国建国者たちは宣言した。それでも、一九一五年には、ジャン・Jの小説のなかで「ブーツ」と呼ばれている者たちによる侵攻を受け、その後十九年間続くことになるアメリカの占領が始まる。上陸するやいなや、米国海兵隊は報道機関を閉鎖し、銀行と税関を掌握し、貧困層ハイチ人に強制労働を課す制度を制定した。占領の終了までに、一万五千人以上のハイチ人が命を落としたのだった。

「アメリカはハイチと戦争をしている」と、W・E・B・デュボイスは、占領下のハイチへの実情調査任務から戻った後に書いた。「国会は戦争を承認してはいない。ジョセファス・ダニエルズ〔ウッドロウ・ウィルソン大統領の海軍長官〕が不法かつ不当に余所《よそ》の独立国家を占領し、何千人もの住民を殺害した。彼はその政府の役人を免職し、合法的に選ばれた国会議員を一掃し、南部の白人海軍士官と海兵隊員を指図して、恐怖と威嚇と残虐の支配を遂行している。この血まみれの手による悪魔的所業は、もうすでに一年以上にわたって続けられており、今日この島国はこれに公然と反抗している」

その反抗の影の下で成長した〔『記憶喪失者の記憶』の〕語り手の父親が、自由独立の生活を本当に味わうことは、決してないだろう。自分の国を侵略されたのみならず、幼いころ両親に、アメリカ海兵隊員が来るぞと脅されながら、きらいな牛乳を無理やり飲まされたことで、自らの想像力をも侵略されていたからだ。

私たちの心は、いろいろな手を使って、現在と過去の恐怖から自分を守る。ひとつの方法は、忘れること。しかしそれは、どんな作家の人生においても、絶えることのない恐怖だ。故国を遠く離れている移民作家には、記憶はさらに深い深淵となる。まるで、あの悪名高い忘却《サブリエ》の木の下に無理やり入らされたかのように。サブリエは、奴隷であった私たちの先祖が、この下に入れば記憶から過去を取り去ってくれて、故国へ帰りたいという願望を弱めてくれると教えられていた木だ。私たちは、この木の下を通らねばならないとわかってはいるものの、息を止め、手の指も足の指も交差させて〔一本の指をとなりの指に折り重ねるのは幸運や成功を祈るまじないの印〕、忘却が私たちの脳に深く入り込まないようにと祈る。

でも、私たちが自分自身の物語を話すことができないときは、いったいどうなるのだろう？　私たちの記憶が一時的に私たちのもとを去ったときには、どうなるのだろう？　残されるのは、実際に経験したことがあったかどうかさえ確信はもてないけれど、もう二度と経験できないことははっきりしているものを摑みたいという、強い願望だ。

「私は、光沢紙の上の記憶を愛する」と、『記憶喪失者の記憶』の語り手の、もがき苦しむ小説家は宣言する。時のなかに凍りついていない記憶の痛みは耐えがたい。それでも、ジャン・Ｊの代弁者である作家にできるのは、これらの記憶をめぐって書くことだけだ。なぜなら、ひとつには、彼女が愛し、自分でも書きたいタイプの本は禁止されており、違法であるから。そういった本が彼女の家にあるというだけで、家族全員が逮捕され、殺されるという事態を生み出しかねないのだ。

そのような状況下で、人はどのようにして書くのだろう？　と、この小説は繰り返し問う。私たちはどうして、暗号《アンダキ》で書かずにいられるだろう？　私たちの前を歩いていた多くの人びとが、何も恐れるものはない、と思ったがために命を落としたというのに。父のラジオ局で、一緒に仕事をしていた場所から数フィートのところで父親が凶弾に倒れるのを目撃したあとで、ジャン・Jはどうやって書くのだろう？　父の死の三年後に彼女がやっと書き始めた本は、『放浪する記憶《メモワール・エラーント》』と題されている。

『放浪する記憶』のなかでジャン・Jは、回想録の筆者として書く。「二〇〇〇年四月三日以来、私はもう書かない。以前には、アイデアで溢れていた。私はいつも多くのテクストを同時進行で書き、並行して物語を構想するのが好きだった。現代を舞台にして熱狂的興奮と喧騒に溢れる物語を書きながら、一方で過去から来た女性を夢見る。この二つが、最後には繋がるのかどうかは分からないままに。繋がりは今でもないまま。本になることもないままだ」

出版されなかった小説

著者の在命中に存在しなかった本は『愛、怒り、狂気』で、これは、私が次にブルックリン公立図書館内の私の聖域、ハイチ図書セクションに行ったときに出会った一冊本の三部作だ。著者はとても魅力的で勇敢な――グァパな――マリー・ヴュ＝ショヴェだ。彼女は、アメリカによる占領の最初の年にポルトープランスで生まれ、後に『愛』のなかで、この時期を再現することになる。『愛』は彼女のきわめて独創的な三部作の冒頭におかれた中編小説で、二〇〇九年八月に『愛、怒り、狂気』として初めて英語で出版された。『愛』の主人公クレア・クラモントは、三十九歳の処女としての自身の不幸な境遇を、D・H・ロレンスのチャタレイ夫人とフロベールのマダム・ボヴァリー（両方ともヴュ＝ショヴェの好みだ）の苦境と同一視して、日記に記す。「身体の飢えと魂の飢えがある。そして精神の飢えと感覚の飢えが。すべての苦しみは等しい」

しかし、すべての苦しみは相等しいのだろうか、苦しんでいる当の人びとが等しいとは見なされていないのに？　と、ヴュ＝ショヴェは思いを巡らす。熱いジャガイモを子どもの召使いの口のなかに突っ込むような人は、ジャーナリストを殺して隣人を強姦するような人に比して、どうなのだろう。同じようなものなのだろうか？　残酷に奴隷の境遇に落とされた者が、翻って他の人びとを奴隷にすることが、どうしてできるのだろう？　私たちは、苦しんでいる人びとを自分と同等の人間と見なすことを決して許さない社会に生きているのに、苦しみは本当に等しいのだろうか？

「独立以来、私たちは互いの喉を掻き切る練習を続けている」と、ヴュ＝ショヴェは書く。彼女がこう書いているのは、西半球で最初の黒人共和国――すなわち国家――を生み出すことに成功した唯一の奴隷反乱の誕生の地である、と私たちハイチ人が好んで世界に思い出させる国のことだ。私たちは口にしたがらないが、ヴュ＝ショヴェがはっきり言い切っているのは、ほかならぬこの国が、その潜在能力を十分に発揮することに、一つには外国の介入のために、そしてまた国内の紛争と残虐行為のために、繰り返し失敗し続けているということだ。

Xは『愛』のなかに描かれる架空の町だが、姿を見せない独裁者からいつでも執行可能な生殺与奪の権を与えられている取り巻き連中によって、恐怖に陥れられている。町はまた、他の恐怖によっても苦しめられている。丘も山も胸の張り裂けるような思いになるほど浸食されているが、そのうえ、Xの港からは、その浸食を引き起こしている伐採木から切り出された貴重な木材を満載したアメリカ船が、始終出港している。子どもたちは、チフスとマラリアで死んでいく。物乞いたちは溝《どぶ》の汚い水を飲み、支配者である大佐に絶えず虐げられている。

三部作のこの部分はだいたい一九三〇年代に設定されているけれども、もっとあとの時期を喚起する意図もあったことは明らかだ。それは一九六七年、作者がこの本を集中して六カ月で書き上げた年で、この時期、父デュヴァリエ政権はどんどんと苛酷さをエスカレートさせ、公的、私的な処刑の実施に加えて、知識人や芸術家を迫害していた。

「また一人になって」と、マリー・ヴュ＝ショヴェは、三部作の二作目にあたる中編小説『怒り』のローズ・ノルミルについて書いている。「彼女は、自分を慰めるためのいじらしいほどに純朴な架空の物語を作った。風にくるくる舞っている葉っぱ。黒一色や、色鮮やかな蝶。フクロウのホーホーという鳴き声。あるいは、サヨナキドリの気品ある歌。どれもみな、意味をいっぱいにはらんでいるように思えた」

この部分を読んで、これは私だと思った。このころ私は、自分の最初の小さな物語を作っていたからだ。雑種で混血種の、温暖気候帯に咲くラッパズイセン、枯れた木の枝のパチパチとはぜる火と、死を告げる黒い蝶、私が心に描く炎の羽をもつ鳥など、自分で作った民間伝承《フォークロア》――私の偽の伝承《フェイクロア》――でいっぱいの。

ヴュ＝ショヴエの、自分自身が残酷な独裁政権の下で生き、かつ執筆している作家であるというジレンマが作品中に一番よく再現されているのは、恐らく、三部作の悼尾をかざる中編小説『狂気』だろう。掘立小屋に住む、四人の迫害される詩人を描くなかで、彼女は自分が参加していた、夜の蜘蛛《レ・ザレニエ・デュ・ソワール》という、詩人と小説家の小さなグループを忠実に再現している。メンバーは毎週彼女の家に集まって、互いの作品について意見を交わしていた。彼女らは、実際の蜘蛛のように、自分の周りに身を護る巣を張りめぐらし、捕食性の害虫を寄せつけないことを願っていた。だが、メンバーの多くは独裁政府によって投獄されるか、国外追放になった。そしてマリー・ヴュ＝ショヴエ自身は、家族が逮捕されるか殺される事態になるのを恐れ、パリで出版直前だったこの本の刊行をとり止めてから、一九六八年にハイチを逃げ出すしかなかった。

三部作の二人の公式翻訳者の一人ローズ＝ミリアム・レジュウィによれば、本の出版が認められたという知らせを受けると、マリー・ヴュ＝ショヴエはパーティを開き、作品の一部を友人と家族に読み聞かせた。

「そのときだった」と、レジュウィは書く。「誰が国家の敵かを決めるのにデュヴァリエがどれほど馬鹿げた手法を使うかを考えれば、この本は、彼女の家族や彼女の夫の家族全員の命を危険にさらすかもしれないという懸念を、家族や友人が口にした」

最初マリー・ヴュ＝ショヴェは反抗して、この本の出版はきっと政権に非難と恥辱をもたらすはずだと言い張った。でもすぐに、本か愛する人びとか、どちらかを選ばねばならないのは明らかになった。

「私の行動には奇妙な裂け目がある」と、『狂気』の語り手である詩人は告白する。「私は、冷静に落ち着いて、叫び声がするところへ、悪魔が殺人を犯しているとわかっているところへ行く。だが自分を臆病者と責め、自分の反応を嫌悪しながら、危険を避ける。トランクのなかには、悪魔と地獄についての私の他のすべての詩と同様、出版されていない、いくつかの詩がある。それだけで、だれにでも躊躇なく私の身体中に弾丸を撃ち込ませるのに十分だ」

亡命が、マリー・ヴュ＝ショヴェの唯一の選択肢となった。

後に、ニューヨーク市クイーンズ地区に住んでいる時期にマリー・ヴュ＝ショヴェは『ハゲタカ《レ・ラパス》』を書いた。パパ・ドック・デュヴァリエの死後に、自分の仕事及び、自分を取り巻く残酷な状況と格闘する作家を描く小説だ。一人の熱心な読者の勇気ある努力をとおして、この小説中の作家はなんとか生き延びる。それは、マリー・ヴュ＝ショヴェが、自分自身のために望んだに違いないことだ。アメリカで、ハイチについてフランス語で書きながら、自分自身か自分の本か、どちらかがいつかハイチに戻れるのか、あるいは興味を持ってくれる読者をアメリカで獲得できるのか、わからないままに。

血のつながった親、文学上の親

一九七三年六月十九日、五年間にわたる亡命生活の後、マリー・ヴュ＝ショヴェは脳にできた癌のために五十七歳で亡くなった。デュヴァリエ独裁政権は、父親から息子へと引き継がれていて、アメリカ政府は息子のほうをより好ましいと見ていた。外国からの投資がハイチに流れ込んで残忍な搾取工場文化を生み、賃金がどんなに低くても労働を拒絶できない人びとの生活に、さらなる絶望を積み重ねた。他の貧乏なハイチ人たちは、ハイチ政府による秘密裡の取引で、ドミニカ共和国のサトウキビ畑の労働力として売られ、まるで奴隷のように島の向こう側へと輸送された。

その当時のハイチで育っていた子どものころの私は、残忍なトントン・マクート——ヴュ＝ショヴェが描く黒衣の男たち——に関するこのうえなく陰惨な話と並んで、摘出した臓器で、病気になっているアメリカの富裕層の子どもたちを救うために、ハイチの子どもたちが誘拐されているという話を聞いていた。私はこの話が怖くてたまらず、ときどき眠れなくなった。ヴュ＝ショヴェだったら、そんな話をどうしただろう？　あるいは、デュヴァリエ独裁政権が終わったあと、息子〔ジャン＝クロード〕は飛行機で亡命し、人びとは、彼女の三部作の物乞いたちや『ハゲタカ』の民衆たちのように、町に繰り出して祝いと報復に酔ったけれど、ヴュ＝ショヴェならばそれをどう扱ったただろう？　あるいはまた、初めて民主的な選挙で選ばれたハイチの大統領を、さらにはジャン・ドミニクを、どうしただろう？　九・一一は？　二〇一〇年一月十二日に、ハイチに壊滅的な打撃を与えた地震は？　そして、ポルトープランスかマイアミのハイチレストランの暗い片隅の席で、あのジャン・J・ドミニクとの心満たされたひとときのように、彼女と一緒に座ってコーヒーを飲みながら話したら、どうだっただろう？　マリー・ヴュ＝ショヴェがいないことで、私は孤児にされたような気がしている。でも私は、ジャン・Jの『放浪する記憶』を読んで、文学上の親と血のつながった親を同時に喪《うしな》うというのがどんなことなのかを、もう一度身に沁みて感じた。

ジャン・Jは、母音一字だけを除いて父親の名前をそっくり受け継いでいたので、誰かが作家である娘を農学者／ジャーナリストの父と間違える可能性は、常にあった。だから、作家である娘は最初、自分の本の表紙に記される著者名に、ニックネームのJ・Jを使っていた。「いつの日か人は私を、作家ジャンの父親と紹介することになるだろう」と、彼女の父は語った。彼は、娘の小説をたいそう気に入っていた。娘のある作品はプルーストを思わせる、とさえ言った。プルーストは、彼が好きだった作家だ。「きみの父親でなかったら」と、彼は言った。「私は書評を書くね。だけど、人は私がえこひいきをしていると思うだろう」

それから暗殺が起こって、誰もが彼女に、「お父さんについて書くべきだ」と言い、彼女はかえってそのために書けなかった。最後には書くことになったが。

マリー・ヴュ＝ショヴェのほうは、晩年は壮大な小説『オグンの子どもたち《レザンファン・ドグン》』のための調査をし、物語を綿密に計画していた。オグンはハイチの軍神だ。残念ながら、マリー・ヴュ＝ショヴエは、この大いに期待された作品の最初の数ページまでしか書かずに、この世を去った。

「私は確信したい」と、『愛』のなかで彼女は書いている。「ベートーヴェンは、協奏曲を書き終えたことで慰められ、満たされて死んだと。この確信がなくては、セザンヌのような画家が、どうしても捉えきれない色を探す不安に苦しむことに、何の意味があるだろう？　あるいはまた、ドストエフスキーのような作家が、地獄のごとく複雑な魂の内側でうごめく思考のなかで神をつかもうと苦悩することに！」

　私もまた確信していたい。マリー・ヴュ＝ショヴェは、いま生きている彼女の「妹」の小説家／伝記作家ジャン・J・ドミニクのように、情熱的に、恐れずに、危険を冒して自分の作品を書いたことに慰められ、満たされて生涯を終えたと。そして自分自身が書けば書くほど、私はますますそのことを確信する。

第五章
私は発言する

虐待された女性の証言

アレーテ・ベランス「私の腕がもとあったところには今、それが切り落とされた残りの部分があるだけ。左手の指は切断されているから、握ることができない。その手は、何の役にもたたない。だから私はあなたに言う。私がいつも顔を上げていることを、よく考えてほしい。私は発言する……邪悪な人たちが私を誘拐して、虐殺の場所まで連れていったときからの、私の苦難を見てほしい……私の物語を、私が経験したことを、聞いてほしい」

私たちは、リンカン・トンネルを通り抜け、スピードをあげてニュージャージーへと向かっていた。アレーテ・ベランスというハイチ人女性を訪ねるためだった。アレーテは、一九九一年にハイチで起こった軍事クーデターの、一番最近の犠牲者だった。私たち――ドキュメンタリーの監督、製作者たちと私――は、ブルックリンのある難民女性の団体を通して、アレーテのことを聞いていた。私たちが聞いた話では、彼女は、クーデターを率いて国の事実上の指導者となった暫定政府のために働いていた、準軍事組織所属の男たちに捕まったということだった。私たち五人はすぐに、トランクにビデオ機器をいっぱいに詰め込んだ小さな車に飛び乗って、アレーテが、夫と三人の小さな子どもたちと住んでいる、ニューアークの公営住宅団地へ向かった。私たちのドキュメンタリーは、ハイチにおける拷問の生存者たちについてのもので、彼女が自身の話を私たちにしてくれるのを期待していた。

六階建てのビルの最上階にある、ほとんど家具のない部屋に入ると、襞飾りのついたピンクの洋服を着て、髪に同じ色のリボンを蝶結びに結んだ二人の女の子が出迎えてくれた。アレーテの息子は、リビングの真ん中にある大きなオレンジ色のソファに座っていた。体の小さな子で、十歳ぐらいに見えた女の子たちより年上か年下かは、判断が難しかった。男の子が全然笑わなかったので、私は、彼は年長で、何が起こったのかを妹たちよりずっとよく理解している、と思った。

アレーテの夫は山羊ひげをはやした、若く見える男性だったが、彼が私たちのために台所から椅子を数脚運び入れてくれた。それから、アレーテが寝室から出てきた。彼女は小さな人だった。黒い顔は、片方が凹んでいた。なたで切りつけられ、もう少しで頬骨を切り落とされるところだったのだ。彼女は二十代後半だったが、なたの傷痕《きずあと》と縫合の痕が小さな線路のように顎のほうまで延びていて、実際の二倍くらいの歳に見えた。緑のブラウスを着て、花柄のスカートをはき、頭には黒いニットの帽子を被っていて、カウチのほうに足を引き摺って歩きながら、私たち一人ひとりにうなずいて挨拶した。

階下のどこかで、赤ん坊が泣いていた。

「ここのアパートはときどき、虐待された女の人たちのためにも使われているんです」と、彼女はとぎれとぎれのクレオール語で言った。

それでも、彼女の声は、私たちが予想していたよりもずっとはっきりしていた。というのも、虐待を受けている間に、彼女の舌は二つに割られていたから。

彼女の声を聞きとろうと、じっと耳を澄ませているあいだ、彼女の右の前腕をどうしても見つめないではいられなかった。切り落とされたあとは、先の尖った黒い切り株のようで、ケロイド状の傷がいっぱいついていた。先端へ向けては、さらに多くのなたによる傷痕があった。まるで、彼女の腕を切り落とした人物——人物たち——は、これ以上はないほどの必死さでやったというかのようだった。その前腕を見て、残りの部分はどこにあるのだろうと考えないわけにはいかなかった。

私の弟のケリーにも、前腕がない。アレーテとは違い、彼は生まれたときからそうだった。私は、ケリーがどうしてそうなったのか、正確には知らない。ただ、私の下の娘のレイラが、左の耳たぶに少しのへこみを持って生まれたとき、小児科医が私に説明してくれたのは、ときどき、子宮のなかの羊膜帯と呼ばれる伸びた組織が胎児組織に強く巻きつきすぎて、胎児の腕や脚を切断するケースがあるということだった。しかし、ヴードゥーとサンテリア〔西アフリカのヨルバ人の民俗信仰とカトリック教会が混交して成立したキューバ人の民間信仰。ハイチのヴードゥーもその仲間〕を信仰している友人らが言うには、人が身体の一部を持たずに生まれるのは——手足でも、その他の部位でも——その人が胎内で双子の片割れを失くしており、その亡くなったほうが生きているほうに、目に見える印をつけたからだという。

そう聞いて私は、ついに美しい弟の神秘を説明しうる二つの答えを得た、と思った。ケリーの失くした前腕は、母の体のなかで溶けて、彼という人を作るのを助けた組織と魂の一部となった。アレーテの失くした前腕は、合同墓地のなかで溶けて、彼女という生命を生み出す助けとなったこの国の一部となった。

襲撃の瞬間

アレーテ・ベランス「彼らは、私をなたで切り刻みました。私の舌と口を切り取りました。歯ぐき、口蓋、歯、そして右側の顎です。私の顔も傷つけました。側頭部と頰を、全部切り裂いたのです。目を切り裂き、耳を切り裂きました。体にも切りつけました。肩全体と、首と背中をなたでめった切りにし、右腕を切り落としました。左腕を深く切りつけ、左手の指先を全部切り落としました。頭全体も、なたで切りつけました」

照明とカメラをセットし終えると、友人のパトリシア・ベノア監督が、ゆっくり優しく始めた。「気分はどうですか？《キ・ジャン・ウ・エ》」パトリシアはハイチで生まれ、六歳のときに両親とともにアメリカへ移住した。クレオール語で話すときは、柔かくためらいがちだけど、相手をおだてて気分よくさせるような口調になる。英語とクレオール語とフランス語に堪能な彼女は、三カ国語を話すだけではなく、話し方も三通りに使い分け、それぞれの言語に特有の音質と高さで話す。パトリシアはしばしばハイチで撮影をし、他の惨劇の犠牲者たちにも会ってきている。だから、彼女がアレーテに「キ・ジャン・ウ・エ？」といったとき、普通の世間話のような響きはなかった。殊に、私たちの故国から遠く離れた、このほとんど何もない部屋では。

アレーテはカウチに座り、自由に動かない手で、頭に被った黒いニットの帽子を引っ張り始めた。帽子が取れると、その下は軍隊式の坊主刈りになっていて、さらに傷痕があった。彼女はまたすぐに帽子を被った。

「あなたの望むとおりにするわ」とパトリシアは静かに言った。「でも、帽子を取ったあなたは素敵よ」

アレーテが帽子を取ると、すごく目立つなたの傷跡と、傷つけられた頬骨が現われた。彼女は、目を縞瑪瑙《しまめのう》のようにきらきらと輝かせ、口の片側だけではにかんだ微笑を浮かべた。

「私、男の子みたいでしょ」と、手に持った帽子を神経質に丸めながら、彼女は言った。そして夫に、寝室に置いてある箱のなかから、人造真珠のイアリングを二つ持ってきてくれるようにと頼んだ。彼は戻ってくると、彼女が自分でできないので、かがんで耳にイアリングをつけてあげた。それから、彼女の横に座った。まるで、カメラから彼女を守るように。

「ハイチでは、何をして生計を立てていたんですか？」と、パトリシアはアレーテに訊ねた。

「市場で食べ物を売っていました」と、彼女は答えた。

夫は溶接工だったと、彼女は言った。彼は、ジャン＝ベルトラン・アリスティドが大統領選に出馬したとき、アリスティド支持の集会を組織する地域の委員会にも加わっていた。

パトリシアは彼女をゆっくりと、アタシェと呼ばれる準軍事組織の男たちが、ポルトープランスの彼女の家を襲撃した瞬間へと誘導していった。

彼らは、アリスティドに投票した者全員を消し去りたいと思っていた、と彼女は言った。彼女の夫は、選挙で組織運動をしていたので、標的にされていた。彼らは家にやって来て、ドアをドンドンと叩いた。彼らを見ると、夫は裏手の窓から逃げた。彼は、奴らは自分を見つけられなければ立ち去るだろうと考えていた。自分の身代わりに妻を捕らえようとは、思ってもみなかった。

彼らは彼女をピックアップトラックの荷台に乗せて、町の外の人気《ひとけ》のない一帯まで連れていった。ハイチのいわゆる「死の谷」で、ティタニアンと呼ばれる広大な共同墓所だ。そこで、二人の男がなたで彼女に切りつけた。自分を殺すつもりなのだと悟ったとき、彼女は抗《あらが》うのを止め、横になり、死んだふりをした。私は、顔と体の他の部分を守ろうとして、腕を失いました、と彼女は言った。

彼女の動きが止まったのを見ると、準軍事組織の男たちの一人が言った。「見ろ、死んだようだぞ」

「彼らは、もっと別の人たちを殺す必要があったので、私をそこに捨て置いていきました」と、彼女は言った。

彼女は、彼らが行ってしまうまでじっとしていた。それから体を引き摺って道路の傍まで戻り、朝になるのを待った。

彼女はゆっくりと、でもしっかり、まるでこの恐怖の記憶の一瞬一瞬を追体験しているかのように話した。その間私は、クレオール語を話さない製作者たちのために、法律用箋に要約した訳文を書いていった。私は、涙が頬を伝うのを感じた。もしかしたら、これは職業人としてふさわしくない、失礼なことでさえあったかもしれない。この話を語るのはとても勇気ある行為なのだから、この部屋で泣く権利があるのは一人だけだ、と私は思った。

奇蹟的な生還

アレーテ・ベランス「翌朝目を覚ましたら、私は殺人者たち《ゼングレンド》が私を投げ捨てたイバラの道の

郵便はがき

料金受取人払郵便

麹町支店承認

9189

差出有効期間
平成27年1月
30日まで

切手を貼らずに
お出しください

102-8790

102

[受取人]
東京都千代田区
飯田橋2—7—4

株式会社 作品社

営業部読者係　行

【書籍ご購入お申し込み欄】

お問い合わせ　作品社営業部
TEL 03(3262)9753／FAX 03(3262)

小社へ直接ご注文の場合は、このはがきでお申し込み下さい。宅急便でご自宅までお届けいたし
送料は冊数に関係なく300円（ただしご購入の金額が1500円以上の場合は無料）、手数料は一律
です。お申し込みから一週間前後で宅配いたします。書籍代金（税込）、送料、手数料は、お届
お支払い下さい。

書名		定価	円
書名		定価	円
書名		定価	円
お名前	TEL　（　　　）		
ご住所	〒		

リガナ
名前

男・女　　　　歳

住所

メール
ドレス

職業

購入図書名

本書をお求めになった書店名	●本書を何でお知りになりましたか。
	イ　店頭で
	ロ　友人・知人の推薦
ご購読の新聞・雑誌名	ハ　広告をみて（　　　　　　）
	ニ　書評・紹介記事をみて（　　　　　　）
	ホ　その他（　　　　　　）

本書についてのご感想をお聞かせください。

入ありがとうございました。このカードによる皆様のご意見は、今後の出版の貴重な資
して生かしていきたいと存じます。また、ご記入いただいたご住所、Eメールアドレス
小社の出版物のご案内をさしあげることがあります。上記以外の目的で、お客様の個人
を使用することはありません。

てっぺんにいました。私の体はとげだらけでした。でも、痛みは感じませんでした。体全体が、感覚を失っていたからです。自分がどこにいたのか、はっきりはわかりません。目が見えなかったからです。私の目は血でふさがっていたのです。でも、空中にいたと思います。丘の側面の上、穴のすぐ上に。私は、自分が震えているのを感じました。体全体が小刻みに震えていました。目をふさいでいた血のりを剝がすと、道からあまり遠くないところにいるとわかりました。でも、私には、上も下も見ることができませんでした。左へも右へも動けませんでした。どちらを向いても穴に落ちたでしょうから」

パトリシアはそれから、彼女が生き延びるまでの驚くべき話へと進んだ。

「どうやって見つけてもらったのですか？」とパトリシアは訊いた。

朝になって、道路の片側の崖の上を何台もの車が走り過ぎていくのを、彼女は見た。彼女は、彼らの注意を引こうと、血まみれの腕を上げた。何人かのドライバーは車を止め、口を開けて見つめ、それから車に戻ってそのまま走り去った。そのころには彼女はもう、あたりに群生するイバラ《ピーカン》で体じゅうを覆われていた。一人の善きサマリア人になれたかもしれない人は、こう言いさえした。「この女は、まだ死んでいない」。だけど、そのまま走り去った。最後に、軍のピックアップトラックが通りかかった。そして、兵士はだれでも皆同じというわけではないことを証明するかのように、乗っていた二人のうちの一人が言った。「あの女を、このまま放っておくわけにはいかない」と。彼らは彼女を抱え上げ、トラックの荷台に乗せた。

泣いていたアレーテはそこで話すのをやめ、そこからは夫が話を受け継いだ。彼はインタビューの間じゅう、彼女のことを指してクレオール語でラ・ダム、この婦人、と言った。かなりフォーマルだけれども、感情がなく冷たいというのではない呼称だ。

町の別の地区にある伯母さんの家に逃れていたアレーテの夫は、翌朝家に戻った。子どもたちは彼に、母親は前の晩に襲ってきた男たちに連れ去られたと話した。その同じ日の朝、一人の兵士が家に来て、彼の名前を訊ねた。彼はためらったが、名前を告げた。その兵士は言った。「すぐに病院に来てくれ。奥さんが大変だ。あんたが駆けつける前に死ぬかもしれない」

病院に着いたとき、彼は、患者が妻だとはわからなかった。「あれは私の妻ではありません」と、彼は医師たちに言った。

意識のしっかりしていたアレーテは、自分は本当にアレーテなのだと彼に知らせようとして、頭を動かし、うなずいた。

「彼女の髪は前は長かったのです」と、彼女の丸刈りを指差しながら彼は言った。「でも私が見たときは、彼女は市場で売られている細切《こまぎ》れ肉のようでした」

後に、ある人権団体が、襲撃され、病院に収容された当時のアレーテの写真を満載したパンフレットを出版した。私はそれ以前に、そのような写真を見たことがなかった。どの写真もどの写真も、顔といわず腕といわず脚といわず、切り裂かれて腫れあがった組織にできたくぼみばかりが写されていた。

数人のアタシェが彼女を捜して病院へ来たときには、医師らは彼女を隠さねばならなかった。アタシェが拷問の生存者を殺すために病院にやってくるケースが、数多くあったからだ。たとえば、ある若者が死んだものとしてティタニアンに捨て置かれたが、実際には生きていて、病院に運ばれた。ところが彼は病院で、祖父がなすすべもなく見ている前で、準軍事組織のアタシェたちに殺された。そうした前例があったので、医師たちはやむなく彼女を隠したのだった。

私はあの医者たちに診てもらえて幸運でした、と彼女は口を挟んだ。患者が溢れているハイチの病院で、貧乏な女性がそのような医者たちに担当してもらうのは、とても難しいことだ。医者たちは彼女を隠した。そして殺し屋たちがやって来ると、彼女は死んだと言った。

ゆっくりと、と手をあげて顔の片側の傷跡をさわりながら、彼女は言った。私は癒され始めました。でも、その癒しが、映画のなかでのように、素早く簡単に起こったものだという印象を与えたくはなかった。彼女は、記憶をたどって話した。体じゅうを覆った感染症のこと、傷のほとんどが膿をもってしまったこと。鼻腔が腫れあがりすぎて満足に呼吸もできず、何度も酸素吸入をしなければならなかったこと。

彼女が話している間、娘たちは近くで遊んでいた。もうみんな前にも聞いた話なので、今は無視できる、というふうだった。あるいは、彼女たちは、床で一緒にくすくす笑って撮影のじゃまをすることで、自分たちを守っていたのかもしれない。彼女たちの子どもらしい笑い声を聞いて、アレーテは思い出したように言った。こうなってから――私がふっくらしてグラマーな長い髪の女から、痩せて丸刈りの手を切り取られた女に変わってから――娘たちにも、私が誰だかわからないのです、と。彼女の外見がすっかり変わったために、娘たちは彼女が誰かわからなくなってしまった。下の娘は、ベッドのわきから写真を引っぱり出すのだった。フレームに入った写真で、アレーテはぴちぴちと健康そうで、笑っている。その子は、この写真を彼女のところまで持ってきて、こう言う。「あなたは私の母さんじゃない。これが私の母さんよ」と。

子どもたちが、彼女の新しい体と新しい声に慣れるまでには、しばらくかかった。彼女の声は、舌が二つに切り裂かれ、それを元どおりに縫い合わせたために、前より低くなっていた。舌は糸のような肉片でぶら下がっていたのだが、医師たちはそれを元の場所に縫いつけた。そしてそれは、奇跡的に癒合した。

「治りました」と、彼女は言った。「それで私は、私の物語を語ることができるのです。人びとは、私に何が起こったかを知ることができるのです」

彼女の力と決意は、その言葉の一語ごとに大きくなるように思えた。自分のためにも家族のためにも、できることがあまりなくてときどき落ち込んでしまいます、と言っているときにさえ。私たちに見える傷と見えない傷で、彼女の体は痛み続けた。夜には、薄暮の空気が骨身にしみて、一段と痛んだ。夫が彼女を入浴させ、子どもたちの髪をとかしてやらねばならなかった。男の人がしなければいけないことではないのに、と彼女はつけ加えた。

彼女の息子は、晴れ着を着た妹たちが遊んだりキャンデーを食べたりしている間、部屋の隅に静かに座って、撮影の様子をじっと見ていた。娘たちを見ていて私はふと、この子たちが成長したら、以前の母親とそっくりの容姿になるだろうという気がした。

「これで終わりにしましょう」と、インタビューの終わりにパトリシアが言った。

アレーテの体の力が抜け、カウチの上でぐたっとなった。彼女は、ほっとしているように見えた。部屋のなかをぐるりと見回して、それから彼女はパトリシアに訊いた。「あなたの出身はど《コテ・ウ・ソテ》こ《ィ》?」

パトリシアは、出自を簡潔に話した。ハイチで生まれた。母親はフランス人。父親はハイチ人。クイーンズで育った。

「あなたは、ニュージャージーは好き?」と、パトリシアは訊いた。

私はあまり出かけない、とアレーテは答えた。人がじろじろ見るから。でも、フィル・ドナヒュー・ショーへの出演依頼を受けて、通訳を介して体験を話すことに同意したばかりだという。

「もしそれが、ハイチを助けることになるなら」と彼女は言った。

突然、彼女の息子がにじり寄ってきた。パトリシアは、何か言いたいことがあるのか、と尋ねた。

少年は、そうだと答えた。

カメラに向かって?

少年は頷いた。

パトリシアは、アレーテと彼女の夫に、少年にカメラに向かって話をさせてもよいかと訊いた。

二人とも頷いた。

私たちがまた撮影を始めると、内気で小さな少年は、初めて病院で母親を見たときのことを話した。

「切り刻まれた肉のように見えた」と彼は、父親の言葉を繰り返した。

少年の頬を、涙が流れ落ちた。体は硬直していたけれど、彼はまるで、胃のなかの塊をようやく解き放っているかのようだった。少年は、ずっと泣きやまなかった。

私たち全員が、彼と一緒に泣き始めた。クレオール語を理解せず、彼の言ったことが一言もわからなかった者でさえも。

生き延び、語り続けるアレーテ

アレーテと彼女の家族を後に残して、リンカン・トンネルを通って帰りながら、私たちは全員が、自分たちに何かもっと言えることがあっただろうかと考えていた。何か他にできることがあっただろうか？　私は、アレーテの夫との生活はどんなものだろう、彼が彼女の助けになるということを超えた、二人の生活はどんなものだろう、と自分に問い続けた。私が自らに問うことができなかったのは、彼らがまだ互いに惹かれ合っているか、愛し合っているかどうかだった。

数カ月後、私は答を得た。

アレーテが妊娠したのだ。

アレーテ・ベランス「私は病院のベッドで、今の状態でどうやって生きていくのか想像しようとしていました。私には、二本の腕はありません。左腕は身体にくっついているけれども、何の役にもたちません。……アレーテ・ベランスを殺すことは、アレーテ・ベランスはもうよりよい生活を求められないということを意味するはずでした。でも、彼らが私を止めようとしたのとは反対に、私は前に進んでいます。私はまだ子どもを産もうとしているのですから。彼らは、私の命を奪おうとしました。でも、彼らにはそれができなかったのみではなく、私はさらに命を生み出しています」

翌週に、フィル・ドナヒュー・ショーの収録があった。ドナヒュー・ショーの製作者たちが、私たちのチームの製作者たちに、ハイチ人の観客を探してくれるようにと頼んでいたので、パトリシアと私は、ジャン・ドミニクとその他数人の友人らとともに、観客席にいた。

ショーの眼目は、クリントン政権に、アレーテのような人びとを殺したり不具にしたりしている暫定政府を、どうにかするよう促すことだった。注目を集めるためのゲストは、セレブのハイチ支援者たちだった。その中にはハリー・ベラフォンテ、スーザン・サランドン、ダニー・グローヴァーなどがおり、またトランスアフリカ・フォーラムの創設者ランダル・ロビンソンもいて、彼はクリントン政権に行動を起こすよう迫るためのハンガーストライキを実行した。アレーテは結局、あまり話をさせてもらえなかった。というのも、彼女には通訳が必要だった分、話せる量が減ったからだ。その代わり、フィル・ドナヒューは、彼女の腕を高く持ち上げた。彼女の物語は、彼女自身の声よりも姿で伝えられたのだった。

それでも、ショーのあと、アレーテはハイチの暫定政府の残忍性告発の代表的存在になった。私はいくつかのイベントや集会で偶然彼女に出会ったが、彼女は、民主的に選ばれた政権の復活を声高に要求していた。ある集会では、彼女はジャン＝ベルトラン・アリスティド大統領と一緒にステージに立ちさえした。大統領が、彼女に会いたいと申し入れたのだ。

後に彼女は、ニューヨークのハイチ・ラジオ上で、準軍事組織のリーダーたちと対決した。そして、憲法上の権利センターとともに、彼女を襲ったアタシェが所属していた準軍事組織ＦＲＡＰＨに対し、三千二百万ドルの賠償請求の訴訟を起こした。それから十年以上後になって、彼女は勝訴したが、十セントでさえ彼女が実際に獲得することはありそうにない。

彼女の注目度があがってくると、米国のいくつかの新聞や雑誌で特集された。そして彼女は、ジョナサン・デミ監督によって映画化されたトニ・モリスン原作の『ビラヴド（愛されし者）』で、台詞《せりふ》のある小さな役をもらった。この映画でアレーテは「違う言葉を使う」女ナンを演じている。

ジョナサン・デミはアレーテに台詞（「あの人は、あんた以外の子どもらを、全部捨てた」）を主役のセス〔オプラ・ウィンフリー。この作品の製作も務めた〕に向かって、ハイチクレオール語で言わせている。

最初にアレーテ・ベランスを見ると、最も目を引くのは彼女の「しるし」、傷痕、だ。でもやがて容易に、彼女の勇気ある挑戦的な態度に気づく。

「あなたは、自分がどんなに強いかわかっていますか？」と、パトリシアは彼女に訊いていた。

「ええ、私は自分が強いと自覚しています」と、彼女は答えた。「私はとても強い。ちょっとした傷から感染して死ぬ人がいます。私がどんな目にあったか見てください。それでも私は生き延びました。ええ、私はとても強いです」

　私たちが作り上げた未公開のドキュメンタリー『勇気と痛み』のなかで、アレーテと彼女の家族は、十二人の他の生存者《サバイバー》たちに囲まれている。彼らもアレーテのように、もう少しで殺されるところだった。全員が、同じ物語の違うヴァージョンを語る。殴打され、なたで切りつけられ、撃たれ、拷問され、そして、愛していたが今はもう住むことができない国であやうく死んでしまうところだった物語を。

　数カ月後、固い決意をもったアレーテは、自分の物語を今度はベヴァリー・ベルに語った。ベルはアメリカ人研究者で、民主主義と女性の擁護者であり、後に『火の上を歩く女たち（*Walking on Fire*）』と題された口述記録本に、私がこの章のあちこちに引用した彼女の発言を収録した。

「ティタニアンの死者たちのなかから帰ってきて三カ月後には、私は自分の二本の足で立っていました」と、アレーテはベヴァリー・ベルに語った。「私は米国じゅうを歩き回って、ハイチとハイチの人びとの苦難の元を打ち倒そうとしてきました。残忍な人殺しのテロリスト集団がレイプしている女たち、小さい子どもたち、揺りかごのなかの赤ん坊たちのことを話しました。テレビやラジオに出演しました。米国の連邦議会議員や、ジャーナリストや、人権活動家と話しました。デモで、記者会見で、教会で、議会の公聴会で演説して、訴えました。『これです。これが、私が受けた苦しみです』と」

しかし、彼女は苦しんだのみではなく、困難をものともせずに生き延び、力強く成長した。彼女の証言は、今もまだ懸命に生存し続けようとしている人びとへの、そしてまた暫定政府の支配の下で死んだ八千以上の人びとへの、大きな贈り物だった。

アレーテ・ベランス「彼らは、子どもたちの母親を次々と殺しました。医師たちを、学生たちを、次々に殺しました。子どもを持つ母親たちは、その子どもたちを亡くしました。……悪魔は、人びとの自信を破壊しました。……良心のある人びとにお願いです。あなたたちの目を覚まさせようとしている、私の話を聞いてください。聞いてください、私の物語を。私が経験してきたことを……」

第六章
水の向こう側

若いいとこの死

一九九七年の夏、私はニューヨークからポルトープランスへ飛んだ。いとこのマリウスが、私の搭乗機と同じようなアメリカン・エアライン・ジェット機の貨物室に載せられて、マイアミから飛び立った数日後だった。離陸後の三十分を寝て過ごしたあと、無料のヘッドホンをつけて機内ラジオセレクションからポップスの局を選ぶと、ロックグループのミッドナイト・オイルが演奏していた。

地球が回ってるのに、おれたちどうしてダンスできるんだ？

おれたちどうして眠れるんだ、その間……

通路を隔てた隣りの席で、しわの寄った茶色の背広を着た男性が、マニラ紙製の封筒から数枚の紙を出し入れして、前のトレーテーブルに置いた。彼は、モノグラムの入った青いハンカチで額を拭き、それから客室乗務員を呼ぶボタンを押した。ぽっちゃりしたブロンドの女性が急いでやってくると、彼は水を一杯くれと言った。彼女が水を持ってくると、彼はいつ着くのかと訊いた。

私は、この男性が誰だかわかった。入国管理官に付き添われてセキュリティチェックポイントを通過し、まっすぐゲートを通って機内のこの席へと来たのだ。四十代後半ぐらいで、肌は茶褐色、痩せてやつれた顔をし、顎にはまるで、剃ろうとして失敗したようなあごひげの残りがまだらに生えていた。

彼を見やりながら、私はいとこのマリウスのことを思った。マリウスもまた、ある意味では国外追放されていたからだ。私の見込みでは、私たち二人――マリウスと私――は同じ日に出発して、私のニューヨーク便のほうが彼のマイアミ便より二、三時間早く着き、ポルトープランスの空港で私が彼を出迎えることができるはずだった。けれども、マリウスの便の出発を遅らせていた障害が急に取り除かれ、彼のほうが私より先に着いて、埋葬されることになってしまった。

最初は、葬儀屋がマリウスの身分証明書を見つけられなかったために、出発が遅れていた。彼の母親が、ハイチからニューヨークの私たちに電話をかけてきて、私の父に息子の死を告げ、遺体をマイアミから彼女の元へ送るための助力を求めた。その時点で、私は彼とはもう何年も会っていなかったし、話もしていなかった。私は彼より年下で、二歳しか離れてなかったけれど、子どものころから交流はほとんどなかった。彼の両親が離婚して、彼はたいてい父親と暮らしており、その父親が、私たちの家族とはほとんど付き合わなかったからだ。私の父は、マリウスをほとんど覚えていなかった。父が米国に行くためにハイチを離れたとき、彼はまだ子どもだったからだ。私が米国へ移住してから十年後に、私は、マリウスが船でマイアミに渡ったという話を聞いた。そして、私が飛行機でニューヨークからポルトープランスへ行くことになる数日前に、彼の母親が私たちに電話で彼の死を知らせてきたのだった。

電話でジ叔母さんにお悔やみを伝え終わると、父は私に、電話の子機を取って、私がさまざまなことを処理してマリウスの遺体をハイチの彼女の元へ送る手配をすると、彼女に伝えるように言った。

泣いてしゃくりあげているジ叔母さんにお悔やみを言ってから、私は、マリウスは亡くなる前にどこに住んでいたのかと訊いた。

彼女はまるで、喉につまった大きな塊越しに息をするかのように間を置き、それから「マイアミ」とささやいたが、当惑している様子で、もうすでに何度も話していることを、私が何でまた繰り返させるのかといぶかしんでいるようだった。

「マイアミで彼が住んでいた家の住所はわかる？」と私は訊いた。

「いいえ」という答えだった。でも彼女は、二年間マリウスのルームメイトだった人物の電話番号を知っていた。デレンスという名前だった。

私がデレンスに電話をして、また叔母さんに電話するわ、と私は言った。

ジ叔母さんとの電話を切ってから、私はデレンスの番号にかけ、クレオール語で、彼と話したい旨を伝えた。電話に出た若者は答えた。「英語で話してくれませんか？　ぼくはここで育った。クレオール語はあまり話せないんです」

彼がデレンスだった。私は彼に、英語で伝えた。私はマリウスのいとこで、彼の遺体が安置されている場所を探して、遺体をポルトープランスに送り返す手伝いをしようとしています、助けてくれませんか？

彼は、フリーマン遺体安置所の電話番号を教えてくれた。マリウスの遺体は、国外追放を待つ間そこに安置されているとのことだった。デレンスは、遺体安置所が請求した額の金を持っておらず、ジ叔母さんはその金を送るほど彼を信頼していなくて、マリウスが死んだのはあんたのせいだと――彼には理解も説明もできないような理屈で――彼を責めた。

会話の終わりに私は、失礼にならないよう、ていねいな声音で慎重に訊いた。「マリウスの死因を教えていただけますか？」

「モヴェ・マラディ・ヤ」なまりのない、完璧な発音のクレオール語で彼は言った。悪い病気、というのは後天性免疫不全症、つまりエイズだ。

「それはいつ発病したの？」と、私は訊いた。「いつ感染したの？」

「知らないね」。彼は、ヒップホップ調の英語に戻していた。

「ハイチを出る前から罹《かか》っていたのかも。知らない。でも、ここでの生活は乱れてたよ。まぬけな間違いもしでかしてさ」

「何か、マリウスが残していったものはありませんか？」私は、ジ叔母さんが知りたがるかもしれないと思って訊いた。移送と葬儀の費用を軽減してくれる、遺産のようなものがあるかもしれない。でも、私が考えていたのはお金のことだけではない。もしかしたらもっと、個人的な持ちものとか法的な書類とか手紙、写真、日記など、何かあとになって母親を慰めてくれる形見のようなものが、あるかもしれない。

「何もない」と、彼はとげとげしく答えた。「あいつは、遊び暮らしてすべてを浪費した。死んだときに持ってたのは、六十ドルだけだ」。事実なのかどうかはわからないが、私には、三十歳の男が死んで何も残さなかったというのは、納得できなかった。電話を切って、相手の話を手短に伝えると、父は、ジ叔母さんは息子がルームメイトに毒殺されたと思い込んでいるが、家族の他の者はほぼ全員が違う考えをもっている、と言った。自殺したのだと思っている者もいれば、麻薬の乱用で死んだと思っている者もいた。私は、何を、誰を信じればいいのかわからなかったけれど、それはどうでもよかった。嘆き悲しむ母親が、息子との再会を待っていた。彼女が彼のところへ行くことができない以上、私たちが何とか彼を、彼女のもとへ連れていくしかなかった。

死者の出国許可証

葬儀の費用は、もしマイアミで行なえば、三千ドルだろう、とフリーマンさんは電話した私に言った。しかし、マリウスの遺体をハイチに送り返すとなると、費用は五千ドルに上がりますよ。私はマリウスをもうすでに二日ほど預かっていますから、ハイチの首都のどこでもあなたたちが選んだ葬儀屋へ喜んで送りますが、書類が必要です。

「どんな書類ですか?」と、私は訊いた。

マリウスはボートでマイアミへ来て、外国人保護も受けていないし、その他の方法で自分の身分を合法化することもしていなかったので、必要な法的書類を持っていなかった。

「ハイチ領事館から、出国許可証をもらわないといけません」と、フリーマンさんは説明した。

「米国当局は、彼が出国する前に空港で書類の提示を求めるだろうし、ハイチ当局も彼が着いたら提示を求めるでしょう」

「彼は死人で、遺体を生まれた国へ送り返す必要があるんです。それがなぜそんなに複雑なんですか?」と、私は訊いた。

「ひとつには」と、彼は落ち着いて答えた。「彼が外国人だからです」

私たちは死んでも外国人なんですか、と私は訊いた。私たちは亡骸《なきがら》になってもまだ歓迎されざる客なんですか？

運よく、デレンスがなんとかマリウスのパスポートを見つけてくれたので、ハイチ領事館からの出国証明証はきっと発行してもらえるでしょう、とフリーマンさんは私に請け合った。それはもう、単に時間の問題です。

「でも、それだけではありません」と彼は、冷静で事務的な口調のまま続けた。「複雑でもあるんです、彼の死因となった病気のせいで。このタイプの遺体に関わる、特別な手続きがあるんです」

恐らく、マリウスの死亡診断書には大きな文字で書かれているだろうにもかかわらず、彼の死を招いた病の名をだれも口にしたがらなかった。それはまるで、なにか奇妙に、だれもが彼の臨終の願いを尊重しているかのようだった。何があっても沈黙を、と。

翌日、私はジ叔母さんに電話をして、マリウスをハイチに帰すための手続きについて、私が知りえたすべてを説明した。ジ叔母さんは、葬儀屋の費用については承知している、と言った。デレンスが本当のことを話しているのか、確かめたかっただけだと。彼女にはすでに、その代金を為替で送る用意ができていた。フリーマンさんの情報さえ持っていた。

「マリウスはすぐに祖国に帰るよ」と、父は彼女に言った。

受話器を置く前に、ジ叔母さんはまたすすり泣きを始め、そしてつけ加えた。「あの人らは、私から息子を奪って、その上あの子の持ちものを全部盗ったのよ」

マリウスは、私に毎月数百ドルを仕送りしていた、とジ叔母さんは言った。あの子が文無しだったはずはない。それにあの子は「悪い病気」で死んでなんかいない。あの子は、週に一回電話をかけてきた。毎週日曜日に。そして私に約束した。書類が揃ったら、すぐに私に会いに戻ってくるって。電話で話しているときは、あの子はいつも笑っていて、希望に溢れていた。全然病気のようじゃなかった。

父が突然、ジ叔母さんの涙ながらの思い出話をさえぎって、落ち着くように、これから起こることに立ち向かえるよう、頭の中をよく整理しておくように、と言った。

「きみは息子に、もう何年も会っていないんだ」と、彼は彼女に思い出させた。「あの子は棺に入って、きみのもとへ帰ってくるんだ。気をしっかり持ってくれ《メト・ファンム・ツー・ウー》」

ジ叔母さんは——彼女はしばしば公然と、他のきょうだいのだれより私の父が大好きだと言っていた。まあその点でいうと、他のきょうだいみんなのことも、同じように他のだれより好きだと言っていたけれど——同意した。

「そうね、あなたの言うとおりだわ」と、彼女は、親子電話のもう一方で聞いている私の耳のなかでまだすすり泣きながら、言った。「私は、事態に立ち向かうために、落ち着かなければね」

「ぼくがそちらに行ってそばにいてやれなくて、すまない」と、父はジ叔母さんに言った。父はそのとき、結局は彼の命を奪うことになる肺線維症の初期症状からの回復期にあった。

「わかっているわ」と、彼女は答えた。

三日後、マリウスの出国許可証が発行された。フリーマンさんの遺体安置室に八日間いたあと、マリウスは故国に帰ることになった。その間に、父の容態が急激に悪化し、私はマリウスの出国の日に同行できなかった。マリウスの遺体は、ポルトープランスへ輸送された。私は、飛行機のチケットを取ることができなかったため、マリウスのポルトープランスへの到着に間に合わず、彼の通夜と埋葬に出られなかった。

ハイチへ着いても、私はすぐにマリウスが埋葬されている家族の墓地へは行かなかった。その必要はなかった。ジ叔母さんが、葬儀の一部始終を写真に撮ってもらい、小さな記念のアルバムを作っていたのだ。なかで最も目を引くのは、銀色の棺のなかに横たわっているマリウスの写真で、黒いスーツに黒いネクタイを締め、両手は腹の上でていねいに組まれていた。腫れた黒いパンケーキのような顔は形を整えられ、半ば笑っているような表情をしており、違う状況であればどんな顔をしていただろうと思ってみても、想像できなかった。

水の向こう側の生

私はその夏、ハイチでジ叔母さんに何度か会った。一度は、一人娘マリーの子どもで、彼女の一番新しい孫娘の洗礼式だった。叔母さんは、私が働いている大学の海辺にあるキャンパスまで訪ねてきてもくれた。そこで私は、アメリカの学生に大学の連続講座で教える手伝いをしていた。彼女が私を訪ねてきたある午後、私たちは、アーモンドの木の下の暖かい砂の上に座った。二人の私のいとこが、講座を取っている学生の何人かと、サッカーやウォーターバレーに興じていた。私たちは、静かな青緑色の海と、山肌が茶色く露出した遠くの山々を見ていた。山々の上空では、雲がとてもゆっくり位置を変え、日なたと日陰とを按配していた。私には、その午後はどこかでマリウスの話が出てくるだろうと感じられていたが、果たしてそのとおりになった。

「私は、これがあんたが今やっていることだって知っている」と、ジ叔母さんは言った。「書くことがね。それがあんたの仕事だってわかっている。でも、お願いだから、マリウスについてあんたが知っていると思っていることを書かないで」

実は、私はマリウスについてはほとんど何も知らない。私たちはいとこ同士で血族だったけれども、大人になってからの生活は——私の大人としての生と、彼の大人としての死とは——もしも私が、彼の遺体を祖国へ戻す手助けをするよう頼まれていなかったら、まったく交差することはなかったかもしれない。結局は、彼の遺体のこの帰国においてさえも、ドラマチックな要素はほとんどなかった。すべてが非常に自然に見せかけられ、電話越しの話でうまくおさまった。アンティゴネー的なものはなにもない。

　この種のことはしょっちゅう起こっている、とフリーマンさんとデレンスは、それぞれがそれぞれの言い方で私に説明した。遠く離れた家族は気づくのだ、自分たちは死によって発見しているのだと――あるいは取り戻しているのだと――隠された物語のなかで旋回していた生活の断片を。ハイチ語の「水の向こう側《ロート・ボー・ドロ》」は、国外移住者の最終的目的地を表わすとともに、死後の永遠の生を意味するためにも使われる。ロート・ボー・ドロの同じ側にいる者同士でさえも、互いを見つけることは時に不可能だ。

「われわれはまだ死者を出していない」と、ガルシア＝マルケスの大佐は言う。「人は、だれかを亡くし、地中に埋め葬るまでは、その地の人間にならない」。もしもだれかをそこで亡くし、けれどもその地に埋葬してはいない場合、その人はそれでもその地に属するのだろうか？

「死んだ場所に埋葬されるべきよ」と、ジ叔母さんの姉のイリヤナ伯母さんは言っていた。でも、死んだ場所でひとりぼっちの場合は、どうなのだろう？　親族全員が、ロート・ボー・ドロにいたら？

「人は話すからね」と、ジ叔母さんは続けた。「あなたに話すことは、全部どこかに書かれることになるらしいからね」

彼女は私より年長で愛する叔母だから、私は恥じて頭《こうべ》を垂れ、そのことについて謝罪できればと願った。でも、移民芸術家は、他のすべての芸術家と同様、ヒルであって、食いついたら離れないで、しっかり理解する必要がある。私は、フランスの詩人で批評家のステファン・マラルメを引用して、世の中のすべてのものは、最後には書物に著わされるために存在するのだと、彼女に告げたかった。私が頭の中で既に書いているエッセイについて、彼女の許しを請いたかった。でも、私にできるのは、彼女の本名も、マリウスの本名も使わないと約束することだけだった。

彼女はまた静かになった。その、ごく小さな約束でしばらくは慰められて。私は、話題を変えて、泳ぎに行かないかと誘った。ポルトープランスへ戻る前に、身体を少しリラックスさせるために。私は、叔母さんはノーと言うだろうと思っていた。前にも誘いを断られていたから。それでもひょっとしたら、イエスと答えて私を驚かせてくれるかもしれないと期待した。

「行けないわ」と、彼女は言い、それから訂正した。「行きたくないの」

大きな雲が一つ、私たちの頭上で停滞して、灰色がかった影を落としていた。でも、海の上方にはまだ陽光があって、波はまるで上空にぐずぐずしている雲をあざけるかのように、きらきらと輝いていた。

「水の向こう側から帰ってくる人もいる。そうじゃない?」と、彼女はじっと水面を見つめたまま言った。「あなたがその証拠よ。でしょう?」

彼女は両手を高く上げて、きらめく海に向けた。海を叱りつけ、同時に抱きしめるかのように。

「そうね、帰ってくる人もいる」と、私は言った。

「マリウスはどうして帰ってこなかったの？」彼女は、海に問いかけているようでも、私に訊いているようでもあった。

「わからない」と、私は答えた。

「訊くことさえ馬鹿げているわね」と、彼女は言い、頭を覆った白いスカーフの下の、短いグレーの髪を掻いた。「そんな疑問への答えが、どうして私たちに出せるだろう？　海と神さまだけが知っていることだわ。そうでしょう？」

「そうね」と、私は、彼女の非難のあとだったのでまだ慎重でありたくて、彼女の言葉を繰り返した。

「私は、あの子を海で失わなかっただけでもありがたいと思うべきなんでしょう、多分」と、彼女はつぶやいた。

　まだ水面を見つめたまま、彼女は立ち上がって乳白色の服を脱いだ。そして、赤いブラジャーと黒いパンティだけを着けて、海のほうへと歩いて行った。午後の日差しのなかで、ひと泳ぎするために。

第七章
二百年祭

トマス・ジェファソンの矛盾

　西半球で二番目の共和国が造られてから、二百年が経った。建国当時、最初の共和国、アメリカ合衆国からは何の祝賀の挨拶もなかった。新共和国ハイチは、十二年間にわたる血なまぐさい奴隷蜂起を通して独立を勝ち取っていた。世界の歴史のなかで、奴隷たちが主人を権力の座から引きずり下ろし、自らの国家を造ることに成功したのは、この一例だけだ。

　二つの若い国家には、いくつかの共通項がある。両方とも、過重な税を課せられていた植民地で、両方ともに夢想家の指導者がいて、その言葉には民を鼓舞して戦わせる力があった。例えば、トマス・ジェファソンとトゥサン・ルヴェルチュールを比べてみるとよい。ジェファソンは自由の木の幻を見たが、それには「ときどき愛国者と暴君の血を補給して」やらなければならなかった。ハイチの将軍ルヴェルチュールは、フランス軍に捕らえられ、処刑場に引き立てられながら宣言した。「私を倒したところで、彼らは黒人の自由の木を切り倒したにすぎない。……この木は再び芽を出し、成長するだろう。なぜならその根は深く、多いからだ」

アメリカ合衆国が自らより小さく、わずかに年少の隣国に、協力的でなかったという事実は、ルヴェルチュールのルーツと大いに関係があった。その根《ルーツ》はアフリカ人であり、アメリカの裏庭に植えられていたからだ。トマス・ジェファソンは、彼自身の国の反乱を定義した宣言書を起草し、フランス革命を目撃して褒め称えていたが、革命の意味を正確に知っていた。革命の本質は、栄光の瞬間的爆発にあるのではなく、国境と時を越えて広がってゆく漣《さざなみ》のような影響力に――不可能を到達可能にし、虐げられた者たちに、自分は力強いと思いこませるその能力に――あった。彼は、ハイチの反乱が米国内で似たような行動を引き起こすことを恐れた。「何かがなされなければ、しかもただちになされなければ、われわれはわれわれ自身の子どもたちの殺人者となるだろう」と、ジェファソンは、ハイチの反乱の潜在的な衝撃について書いた。

ハイチの存在そのものが、アメリカの革命的実験の最奥部に潜《ひそ》む矛盾を際立たせた。アメリカ合衆国独立宣言は、すべての人間は平等に創られていると述べていたが、ハイチの奴隷と自由黒人の女や男たちは、それを証明するために、当時世界最強であった軍隊のひとつと戦った。自由についてあれほど卓越した言葉で書き記した人物が、どうして、ハイチ人たちの自治への切迫した願望のなかに、自分自身の国の革命の苦闘と勝利のこだまを聞くことができなかったのか？それはおそらく、一人の奴隷所有者として、かつまた奴隷所有者たちのリーダーとして、彼は、アフリカ人たちのあるグループをリーダーとして、もう一方のグループを動産として扱うことを、どうしても矛盾なく両立させられなかったからだろう。そのために、ハイチの独立はトマス・ジェファソンによって承認されないままとなり、ジェファソンはこの生まれつつある国家との通商停止を連邦議会に強く働きかけ、新生国家の指導者たちを「ひどい共和国の人食い人ども」と断言した。

マサチューセッツ州選出の上院議員で、ジョン・アダムスの国務長官であったティモシー・ピカリングはジェファソンに手紙を書き、新しく誕生したハイチ共和国への援助を、彼が拒否したことに抗議した。「これらの人びとは、自助努力へと見捨てられるのみでなく、何年間も合衆国から受け続けてきて、それなしでは生存できない、必要物資の援助も奪われることになるというのですか？」と、ピカリングは訊いた。

しかも米国は、隣国の植民地紛争から大いに利益を得ていた。ハイチに破れて資金難に陥っていたフランスは、ミシシッピ川の西岸からロッキー山脈に至る、八十二万八千平方マイルという広大な地域を、一千五百万ドルでアメリカ合衆国に売った。このルイジアナ購入は、歴史上最大の利益を生んだ不動産売買となり、一エーカー〔約四千平方メートル〕当たり約四セントの価格で、米国は自国の面積をほぼ二倍にした。アレグザンダー・ハミルトンは、ハイチの「黒人住民らの勇気と頑強な抵抗」がなかったら、ナポレオンは自分の権利を売らなかっただろうと述べた。

　米国がハイチの独立を承認するまでには、六十年の歳月がかかることとなった。その間ハイチは、米国にとって、囚人の流刑地として使える植民地か、（リベリア式に）自由黒人を送還できる地だと見なされ続けた。一八六二年にアブラハム・リンカーンがハイチの独立を認めたが、そのときにはすでに、アメリカは奴隷制度の問題をめぐって内戦状態にあった。独立達成後の孤立と、正式な承認と引き換えにフランスに支払いを強要された一億フラン――これは現在の二百二十億米ドル以上にあたるとされ、ジャン＝ベルトラン・アリスティド前大統領を含むハイチ人たちは、ハイチに返還されるべきだと主張してきている――という二つの苛酷な負担の下で、ハイチは、混乱と依存の状態へと危険極まりなく滑り落ちていった。その結果、過去百年のうち十九年におよぶ米国による占領の時代があり、それ以後も三度の内政干渉を受けた。

『ヴァージニア覚書』のなかで、トマス・ジェファソンは、最悪の仮定として、米国の政治体系に何が起こりうるかを予言している。しかし彼の言葉は結局、自国にとってよりも、略奪された隣国にとっての正確な予言となった。「時代精神は……変わるだろう」と、ジェファソンは書いた。「われわれの支配者たちは、堕落するだろう……。足かせは……終戦時にも取り除かれることはなく、長く嵌《は》められたままであり、ますます重くなるだろう」

　もし、最初に公平な機会を与えられていれば、ハイチは栄え、成功していたかもしれない。そうであったなら、独立二百年祭を祝うハイチに嵌められた足かせは、もっと少なかっただろう。

でも実際には、二〇〇四年一月、ハイチは、フランスからの独立二百年記念祭を、全国的な暴動のまっただなかで挙行せざるを得なかった。首都および国じゅうの都市では、政府支持派と反政府派のデモ隊が衝突した。解隊された軍の隊員たちは、若く経験未熟な警察隊に宣戦布告した。暴徒化した怒れる若者たちは、一部は人びとにシメ（キメラ）と呼ばれ、他の者たちは、皮肉にもトマス・ジェファソンの言葉をそのまま使い、自らを人食い軍《ラメ・カニバル》と呼んだ。彼らは、時のハイチ大統領――キメラによって崇拝され、人食い軍によってののしられていた――をその地位に留まらせるか、引きずり下ろすかを決めるべく、相争っていた。

二、三週間後のある日曜日の早朝、アリスティドはハイチを離れた。彼自身の説明では、ポルトープランスの自宅から誘拐され、機体に国名も何も書かれていない無印の米国のジェット機に乗せられて中央アフリカ共和国へ連れていかれ、そこで数週間にわたって、事実上幽閉された。別の報告によれば、彼は自ら進んで発ったのであり、ハイチクレオール語で辞表に署名までしていたという。そんな中で、議論の余地のない事実は、亡命生活を始めたアリスティドが国際記者団を前に、トゥサン・ルヴェルチュールが国外追放となり、死地となるフランスへ向かうときに言った言葉をそのまま繰り返したということだ。「私を倒したところで、彼らは黒人の自由の木を切り倒したにすぎない。……この木は再び芽を出し、成長するだろう。なぜならその根は深く、多いからだ」

国に留まっている者も国外に出た者も、ハイチ人はだれも、ハイチ誕生二百年の年にアリステイドが自らの出国を過去からの強力なこだまと結びつけたことに、驚きはしなかった。何といっても、ハイチの歴史のなかでもっとも感動的な記憶を呼び起こす瞬間とは――世界からは無視されているけれども――二百年前に、ルヴェルチュールと彼の同志たちが命を賭した革命が、勝利という結果を生み出した瞬間なのだから。しかし、奴隷制から自由国家へのハイチの移行は、スムーズだったとは到底言えず、私も含めて多くのハイチ人は、独立に引き続いて起きた分裂については――皮膚の色や階級に基づく偏見によって、国がさまざまの階層に分断されたこと、そしてそれらの階層が、自ら独裁者や君主を名乗る者たちによって、民の平等も自由もまったく顧みられることなく、彼らがかつて支配されたのとまったく同じ方法で支配されたことは――むしろ忘れたいと思っている。

カルペンティエル『この世の王国』が語るもの

『この世の王国』のなかで、キューバの小説家アレホ・カルペンティエルは、後に彼自身の国キューバも取り組むことになる、一部の人びとが完璧であると考える革命が、他の人びとには失敗と映るかもしれないという問題について、私たちに考えさせる。ティ・ノエルという、王でも支配者でもない普通の男の目をとおして、私たちは、神話と伝承を、また魔術的リアリズムと歴史的事実を融合させるこの英雄物語のなかで、重要な役割を果たす人物たちを親しく観察する。

ここで私たちが出会うのは、ハイチ革命の最も記憶すべき設計者たちと、彼らが途中で獲得していく架空の同志たちだ。私たちは片腕のマカンダルに出会う。彼は、フランス人植民地開拓者による火あぶりの刑から逃れるために、百万匹のホタルに——あるいは別の逸話によればただの一匹の虫に——変身した。私たちはまた、ジャマイカから追放されたブークマンにも出会う。彼は、若きトゥサン・ルヴェルチュールを温和な薬草採集者から勇敢な戦士へと変身させる、感動的なヴードゥーの儀式を執り行なった。そしてもちろん私たちは、料理店主から王になったキング・クリストフを知ることになる。彼は、のちには銀の弾丸で自らを撃つのだが、その前に彼が国民に強いた経験は、「足かせの復活、苦しみの増殖であった。そして、諦めた者たちはこれを、すべての反乱が無益であることの証明として受け入れ始めた」

ティ・ノエルは、諦めた者たちのなかにはそれほど長くは留まらないが、この国の運命を形作ってきた者たちとの気の滅入るような出会いのなかで、明らかな試練を受ける。ハイチそのものと同様、彼という人間は十分には定義できない。せいぜい、小説家カルペンティエルの代理人と見なせるくらいだろう。ロシア人の母とフランス人の父との間に生まれたカルペンティエルは、この物語を実に巧みに扱って、革命が私たちをあらゆる側につかせ、征服者を恥じ入らせて虐げられた者に力を与えるさまを、そして場合によってはまったく逆のことを成し遂げるさまを描いてみせる。というのも、たとえ歴史はほとんどの場合勝者によって物語られるとしても、そのナレーターとしてだれが相応《ふさわ》しいのかを知るのは——征服するとは、征服されるとはいかなることであるのかをページごとに再定義し続けていなければ——いつもたやすいわけではないからだ。

　カルペンティエルの母国キューバについて、かつてトマス・ジェファソンはこう記した。「率直に告白するが、私はずっとキューバを、われわれの国家組織につけ加えるには最も興味深い国と見ていた。この島国を手に入れれば、われわれは、フロリダ・ポイントとともに、メキシコ湾およびこれに隣接する国々とその地峡群のみならず、湾につながるすべての領海をも掌握することとなり、それはわれわれの政治的繁栄の器をいっぱいに満たしてくれるだろう。……われわれはこの国を説き伏せて、われわれが全世界に対してその〔スペインからの〕独立を承認することに協力させられるであろうか?」

　一九四九年版『この世の王国』のプロローグのなかで、アレホ・カルペンティエルは、ハイチへの旅行中、日々「真に素晴らしい」ものに触れたさまを描いている。

「私は、自由を熱望する何千もの男たちが信じた大地を踏んでいた」と、彼は書いた。「私は、ラフェリエール城砦に入った。建築術上、前例のない建造物だ。……私は、アンリ・クリストフが作り上げた空気を吸い込んだ。彼は、信じられないほどすばらしい仕事を成し遂げた絶対君主だ。……一歩ごとに私は、真に素晴らしいものを見つけた」

　真に素晴らしいものとは、私たちが魔術的リアリズムという名で知るようになったものだけれど、それは過去のハイチにも現在のハイチにも生きており、力強く息づいている。ハイチの革命と同じように。真に素晴らしいものは、並外れたもののなかにも、日常的なもののなかにも、美しいもののなかにも、不快なもののなかにも、話されたことのなかにも、話されていないことのなかにもある。真に素晴らしいものは、自分は飛べると信じ、雲の道も森の言葉も知っていたけれど、いわゆる新世界のなかではもはや自分がだれであるかがわからなくなってしまった、奴隷にされたアフリカの王子たちのなかにある。真に素晴らしいものは、精巧なヴェヴェのなかにある。ヴェヴェは、ヴードゥーの祭儀で神々の注意を引くために、土の上にトウモロコシ粉で描く絵だ。真に素晴らしいものは、オグゥのような神々からの雷鳴のごとき応答だ。オグゥは、勝算はほとんどないにもかかわらず、完全な自由以外は何も受け入れない男女の心のなかで語る、戦闘の神だ。

ハイチ人は、可能なときはいつでも、建国の始祖――トゥサン・ルヴェルチュール、アンリ・クリストフ、ジャン＝ジャック・デサリーヌ――のうちの一人、あるいは全員の名を呼んで、自分がこの勇敢な遺産と、歴史的にも精神的にもつながっていることを思い起こす（デサリーヌの戦いの信念は、頭を切り《クペ・テット》、家を燃やせ《ブレ・カイ》、だった）。

「あの人らが私たちに、こんなことをできるはずはない」と私たちは、いいように支配されていると感じるときに言う。「私たちは、トゥサン・ルヴェルチュール、アンリ・クリストフ、ジャン＝ジャック・デサリーヌの子孫なんだから」

アリスティド大統領が、きわめてふさわしい時期にトゥサン・ルヴェルチュールを呼び起こしたことでわかるように、私たち多くの者にとって、ハイチ革命は、二百年前ではなく二百日前に闘われたかのようだ。まさしく、自らの運命を支配するための民衆の戦闘、自己決定のために共同体が一丸となって戦う聖戦ほど、時代を超えて時宜にかなったものはないからである。

結末は、ついにそれが達成されたときには、とても描写しがたいものかもしれない。ハイチの独立宣言書の草稿を書くというジェファソン的な役割を与えられた一人のハイチ人の詩人、ボワロン・トネールにとっては明らかにそうだった。この役目を適切に果たすには、と彼は断言した。羊皮紙の代わりに使うために白人の皮膚が、インク壺にするためにその男の頭骨が、インクには彼の血が、ペンには銃剣が必要だろう、と。

十年以上続くことになる独立のための戦いを始める前の、一七九一年八月のヴードゥーの儀式では、歌のなかで戦闘の神オグゥが呼び出され、彼のために一匹の豚が生贄《いけにえ》として捧げられた。「黒豚の腹になたが突然切り込むと、三度の悲鳴とともに腸《はらわた》と肺がほとばしり出た」と、アレホ・カルペンティエルは『この世の王国』に書いている。

それから、それぞれの主人の名前で呼ばれた――というのは彼らにはそれしか名がなかったからだが――代表者たちが前に進み出て、一人ずつ、木製の椀《わん》に受け止められ、まだ泡立っている豚の血を舌につけた。……反乱の参謀幕僚の名前は、すでに挙げられていた。……宣言書を作成しなければならないが、だれも字を書ける者がおらず、だれかが、ドンドンの司祭をしているハーグ《アベ・ド・ラ・エ》の司祭が持っている鵞《が》ペンを思い出した。この司祭は、人権宣言を読んで以来、黒人に対する明白な同情を示している、ヴォルテールの崇拝者であった。

司祭はペンを貸してくれるだろうか？　というのが、差し迫った疑問だった。

最後には、宣言書が無事に書き上げられ、革命が始まった。司祭の鵞ペンがあったにせよ、なかったにせよ。

第八章
もう一つの国

自然災害の記憶

海は、重いかかとで大地を歩いていた。……居住区のみんなと、岸のさらに先のほうのお屋敷の人びとは、大きな湖のうなる声を聞き、不思議がった。お屋敷の人びとは、不安ではあったが、安全だと信じていた。非常識な怪物をベッドにつなぎ止めておく、防潮堤があったからだ。居住区のみんなは、考えるのはお屋敷の人びとに任せていた。もしもお城が自分は安全だと思っているのなら、小屋がやきもきする必要はないのだ。

——ゾラ・ニール・ハーストン『彼らの目は神を見ていた』

ゾラ・ニール・ハーストンの一九三七年の幻想的な小説で、ジェイニー・クロフォードと、その恋人で日雇い労働者のティー・ケイクは、破壊的なハリケーンがフロリダ・エヴァグレイズ（私が現在住んでいるところの近くだ）を直撃する前に、自らの小さくて不安定な家を捨てて避難しようとはしない。

「その夜は、みんながその話をしていた。でも、誰も心配してなかった」と、ハーストンは書いた。「一日七ドルとか八ドルとかを稼げているときに、ハリケーンなんかに襲われるはずがない」

でも結局はハリケーンに襲われるし、他の災難にも遭うということがわかる。たとえ、それよりずっと少ない稼ぎしかないときでも。それに、仮にそのハリケーンをなんとか生き延びたとしても、手許には何も残らないかもしれない。家も。食料も水も。病気になったり負傷したりした身内のための医療も。死んだ身内のための遺体袋や棺さえも。

アメリカ人は、このシナリオを現実に見たことがある。預言的な文学や、黙示録に材を取った大ヒット映画のなかでだけでなく、他の国々を苦しめた、非常にリアルな自然災害を通して。しかし、そうした大惨事もやがて、それぞれ、まるで速記で書かれたような簡略なイメージに書き変えられていき、後の時代に参照されるためのデータベースの中に記号化されてしまうのだ。例えば、二〇〇四年十二月の津波で徹底的に破壊されたタイや、その他のアジアの国々の人びとが丸ごと超高層ビルほどもある高さの波にさらわれた光景を思い描けばいい。あるいは、ソフィア・ペドロを覚えているだろうか？　二〇〇〇年三月に、三日間しがみついていた木から南アフリカの軍用ヘリコプターで吊り上げられ、その後、下ではまだ洪水が渦巻いている間に出産したモザンビークの女性だ。それに、二〇〇四年九月にハイチが、熱帯暴風雨ジーンに遭遇し、三千人が死亡して二十五万人が家を失ったことを忘れないでおこう。あの災害では、患者たちは病院のベッドで溺れた。子どもたちは親が流されるのを見た。生き延びた者たちは、木々や建物の屋根の上に逃れ、周囲の汚れた泥水には死体が浮いていた。

これらすべての光景が、二〇〇五年夏のニューオーリンズの町で、再び繰り広げられたのだ。わが家のテレビの画面を見つめながら、私は、ハリケーン・カトリーナがニューオーリンズを襲う前年の、熱帯暴風雨ジーンのハイチ人被害者に対する、ブッシュ政権の初期対応のことを思わずにはいられなかった。それは、六万ドルばかりの援助金を送るということと、ハイチから米国に命からがらたどりついた難民を、まだ水も引いていない破壊された地域へ送還するという二つだった。ニューオーリンズの恐ろしい悲劇の前兆は、アメリカのいわゆる裏庭で、すでに示されていたのだった。そしてその初期対応に、ゾラ・ニール・ハーストンのティー・ケイクであれば、こう言ったかもしれない。「こらあ、哀れな貧乏人にゃ関係ねぇこった」

カトリーナ報道で見えてきた別のアメリカ

移民作家であり、南部沿岸都市の住人でもあった私は、ハリケーン・カトリーナ上陸後の数週間の間に、地政学的なことに関して、ありとある考えをもった多くのアメリカ人が――自称専門家も一般市民も異口同音に――自らの確信を表明するのを聞いた。カトリーナで破壊されたニューオーリンズが体験しているたぐいの恐怖は、第一世界ではなく「第三世界」でのみ起こることと、われわれが思いこんできたものだ、と彼らは口をそろえた。普通の市民たちの絶望感。なかには、自分と家族が食べる物を手に入れるために、店を襲撃するしかない者もいた。政府に無視された公立病院では、看護婦が瀕死の患者に、手押しで酸素吸入をした。橋の上や空港に、トリアージ方式〔災害時等の救急医療で患者の優先度に応じて処置を行なう体制〕で急場しのぎの病室が作られた。ギャングたちは、武器を持ってうろつき回っていた。

ハリケーン・カトリーナがニューオーリンズを襲った一週間後に、テレビ番組「アメリカン・モーニング」で、CNNのケニア通信員ジェフ・コイナンジに向かって、女性キャスター、ソルダッド・オブライエンは口走った。「最初の映像を見ているとき……テレビの音を消していれば、どこの映像なのか知らなければ、ハイチか、あるいはあなたが多く取材している、アフリカのどこかの国と思うかもしれないですよね」

「なすすべもないニューオーリンズの人びとが、日々苦しんでいるのを見ていると、誰もがみな茫然とし、怒りを覚え、経験したことのないほどの苦しみを感じた」と、「タイム」誌のナンシー・ギブズは繰り返した。「こんなことは、ハイチで起こることであって、ここで起こるべきことじゃない、と彼らは言った」

負けてはならじとばかり、カナダ人までもがこれに加わった。アメリカの貧困に対する同国民の独善的な態度をたしなめ、「オタワ・シチズン」誌のケイト・オルレアンズは、それでもやはりつけ加えた。「オタワはニューオーリンズではない。ましてフリータウンでもポルトープランスでも断じてない」

私たちフリータウンやポルトープランスのような都市の出身者は、そして今でもフリータウンやポルトープランスのような都市に住む親類を持つ私たちのような移民は、いわゆる先進国が、なぜそんなに必死で私たちと距離を置きたがるのか、不思議でならない。想像を絶する大災害が、私たちがいかに似た境遇にあるかを示しているときには、特に。世界の他の地域の貧者たちは、自国の政府から多くを期待せず、ふつう失望してもいない。しかしながら、世界で最も豊かな国の貧者たちは、貧乏であるべきではないのだ。彼らは、存在さえすべきではないと考えられている。だから、彼らの指導者たちも、同じ国の国民の多くも、彼ら貧者たちが現実に存在することに気づこうとさえしないのだ。

これは私たちが知っているアメリカではない、と多くの現地リポーターは繰り返した。彼らは、死んでゆく人びとの顔や声に、日中は路上の膨らんだ死体の放つ臭いに、夜は屋根裏からあがる助けを求める叫び声に悩まされて、まず最初に駆けつけるべき消防士の姿も警察隊の姿もなかったことを、悲しみと怒りを込めて記録した。彼らの激しい怒りは、私たちの怒りを増大させるばかりだ。というのは、私たちは当然こう考えるからだ。彼らがニューオーリンズやミシシッピやアラバマまで行って、嵐とその余波を刻々と報告しているのなら、政府の各機関が現地へ行かないのはどういうことなのか、と。実際、これらの張りつめた、激論を引き起こしそうな初期のニュース・レポートが視聴者にあらわにしたのは、住民がいつでもバス賃を持っているわけではない、ましてや車など持たない、健康保険は大学と同じくらい遠い夢であり、貧困は偶然の運の巡り合わせなどではなく、生まれながらに与えられた運命であるような、アメリカの一部の現実の姿だ。これが、私たちを驚かせ続けるアメリカだ。貧窮者の、常に欠乏している者のアメリカだ。不法滞在者の、失業者の、不完全就業労働者の、中高年層の、弱者のアメリカだ。反乱が起きて、銃声が響いて、洪水が猛威を振るって、初めて見えてくるアメリカだ。多分このアメリカは、自らが居住している国より、発展途上国とのほうが、確かにより多くの共通点を持っている。世界のどこでも、貧しく見捨てられた者は、自分の国のなかで暮らすしかなく、たいていは自分自身のみの力で生きのびていくほかはないのだ。だから、人は簡単に自国の国境線内で難民となりうる――それは、周りが認めるその人の有用性と、いつ無効にされるかもしれない市民権が、つねに不確かで疑わしいからだ。ハイチにおいてであろうが、あの別のアメリカ、だれも洪水に対する保険を持たない、あのアメリカにおいてであろうが。

世界中の大多数の人びとを日常的に苦しめている悲惨な事態に、自分と同じ国の人びとの多くがいとも簡単に陥ってしまうことに驚くアメリカ人が必ずいるのはなぜなのか、私にはわからない。だって、私たちはみな同じ惑星に住んでいて、その惑星の気候は、均衡を欠いた開発と環境政策の不手際のせいで徐々に変えられつつあり、そのためいつかは、全人類が、第一世界／第三世界の別なく同じように、熱帯暴風雨ジーンやハリケーン・カトリーナのような大災害の前になすすべもないという事態を迎えるかもしれないのだから。それにまた、常に不気味に迫りくる、九・一一のようなテロリズムの脅威も忘れないでおこう。テロリズムも、巨大災害と同じような結果を招きうるので、それに見舞われた何千もの人が、町角や丸屋根付き競技場《アストロドーム》に集まり、どうしてこんなことになってしまったのかと自問する羽目になることだろう。

貧しい難民は、貧窮化した祖国から遠く離れた地でのほうが、よい暮らしができることも確かにある。しかし、貧困が、家屋敷も生まれ故郷も歴史も記憶も奪われて生きることを私たちに強いるのは、避けられないことなのだろうか？　ハリケーン・カトリーナの場合、どこで生活するかを決定する、あの微妙な権利を流し去ってしまったのは、本当に洪水だったのだろうか？　あるいはこの権利は、私たちがあまりの恐ろしさに画面を正視できずにいる間に、すでにゆっくりと奪われつつあったのだろうか？

大惨事が呼び起こす忠誠心

移民であることの利点の一つは、二つのまったく異なる国が、自分のなかで否応なく融合するということだ。生まれたときに話していた言語と、死ぬときにおそらく話しているであろう言語は、脳のなかで共通の場所を見つけ、そこで常に溶け合うしかない。大惨事や大災害も同じで、だからそれは必然的に、安易な忠誠について再考させることになる。

　二〇〇一年九月十一日のテロ攻撃のすぐあと、元イスラム原理主義ゲリラで、パキスタンの学校《マドラサ》で教育を受けたこともある、マスード・ファリヴァルは書いた。「アフガニスタン人として私は、私の国の黒と赤と緑の旗を持ち歩いたことはない。しかし突然、誇りをもって国旗をかかげ、通り過ぎる救急車やパトカーや消防車に向かってこれを振るのはどういう気分なのか、知りたくなった。アメリカ人との私の連帯感を示す、よい手段になるだろう。それは、私がこう言うための方法だった。われわれは、一緒にこの事態を経験している。私は、あなたたちとともにある。あなたたちの痛みをともに味わっている、と」

「私はいわゆる第三世界の出身だ」と、チリ生まれの小説家・伝記作家イザベル・アジェンデは、二〇〇一年九月十一日のあとで書いた。この日はまた、米国が支援して起こさせた、彼女の従兄弟《いとこ》小父《おじ》サルバドール・アジェンデに対するクーデターの、二十八年目の記念日でもあった。それでも、彼女は書く。

　ほんの少し前までは、だれかに出身地はどこかと訊かれたら、私はあまり考えもせずに答えただろう。どこでもないです、もしくは、ラテン・アメリカです、と。あるいはまた、心のなかでは、私はチリ人です、と答えたかもしれない。しかし今は、私は言う。私はアメリカ人です、と。ただ単にパスポートがそう証明しているからというだけではなく、その単語が北から南までのアメリカ全土を含んでいるからでもなく、また私の夫、息子、孫、友人たちのほとんど、私の本、そして私の家が北カリフォルニアにいる／あるからというのでもなく、テロリストの攻撃がワールド・トレード・センターのツイン・タワーを破壊し、その瞬間から多くのことが変化したからだ。危機のときに、私たちは中立ではありえない。……私はもはや、米国で自分が異邦人だとは思わない。

九月十一日の恐ろしい大虐殺のあと、世界はファリヴァルとアジェンデの感懐を繰り返し、世界中の新聞の大見出しを通して、宣言しなかっただろうか。われわれは、皆アメリカ人なのだと。

少なくとも、しばらくの間は。

ハリケーン・カトリーナによって明るみに出された多くの事実のなかの一つは、この国のなかにたしかにある、別の国の存在を、私たちは二度と否定できないということだ。多くのアメリカ人たちよりも、アメリカの移民と世界の他の地域の人びとのほうが、もっとずっと直接的に知っているであろう、あの別のアメリカの存在を。常に人道上の、また環境保護上の、大惨事の瀬戸際にあるアメリカの存在を。そのとおり、それはハイチでもモザンビークでもバングラデシュでもない。だが、そうであっても少しもおかしくない。

第九章
故国への飛行

ある飛行機でのできごと

私は以前、飛行機に乗るのが怖かった。と言っても、飛行機に乗ると過呼吸になったとか、飛行機には頑固に乗ろうとさえしなかったとかいうのではない。飛行機に乗ることが決まると、いつでも私は、前の晩は遅くまで起きていて身のまわりのあれこれを整え、重要書類を整理し、部屋を片付けるのだ。「最悪のこと」がもしも実際に起こった場合に、と私は考えた。家族が私の汚れた洗濯物を——文字通りにでも比喩的にでも——選り分けて、汚れた食器を洗い、床に散らかった本の山を拾い集めねばならなくなるのは、嫌だ。けれども、眠れない夜が続くおかげで、私はいつでも、フライトの時間を実際より短く感じられる幸運に恵まれた。シートベルトを締めるとすぐに眠りに落ち、目的地に着くまで起きないからだ。

この作戦は、しばらくの間はうまくいった。でもそれも、本のための取材で繰り返し何度も旅行をしなければいけなくなるまでだった。そうなってからは、私の旅行は、それまでの年に四、五回のハイチへの旅よりずっと回数が増え、二〜三週間の長さとなり、一日のうちに違う飛行機に乗ったり、時には乗り継ぎを繰り返すようなものになった。

そういった長いフライトを耐えるためには、どうすればよいのだろう？　到着した次の日の、本に関連するイベントにある程度ちゃんとした状態で出席しようとすれば、明らかに、毎晩遅くまで起きてはいられない。それで私は、まったく違うやり方で搭乗に臨むことにした。怖がらないで、歓迎する。他の場所では得られない、人生経験のポケットと考えて大事にする、というものだ。中空に浮かんでいる「魔法」を、まるごとそっくり喜んで受け入れるのだ。固い地面と空の間に、ただもう鳥のように、あるいは、息子のイカロスとともに地上の牢から逃れるために蠟の翼を作った囚人ダイダロスのように。

私は、飛行機に乗っている間、目的をもって本を読むことで、自分の飛行経験を改善する努力を始めた。飛行機内の読書では、しばしばテーマを絞った。いくつかのフライトでは、新聞と雑誌だけを読んで、ある特定のできごとに関する知識を最新化することに努めた。別のフライトでは短編小説を読み、一回のフライトの間に本一冊を読み終えることに、まるでアメリア・エアハートと一緒に大西洋横断飛行の任務をなしとげたかのような、ものすごいスリルを感じた。

本を読んでいないときは、人を読んだ。飛行機に乗り込んでくる人びとのなかには、自分の人生の物語を文字通りあからさまに周りに知らせる人がいるのだ。二、三列離れた席に別々に座るだけで悲痛に別れを告げ合っているハネムーン中のカップルとか。片方の親元への訪問を終えて、もう一方の親元へ一人で戻るので、すすり泣いている子供とか。この子を見ていて私は、ハイチ系アメリカ人の詩人で、パフォーマンスアーティストのアソト・セイントのことを思い出した。セイントが、自分の人生のあるべき姿を明確に示した瞬間の一つとして挙げたのは、十四歳のときに、ほぼ十年も会っていなかった母親と再会するために空中で過ごした数時間だった。この飛行機での旅について、彼は後に書いた。「ぼくは、幸せで何の心配もない、楽しい詩を書きたかった／あまりに早く失われた／ぼくの子供時代のために……／ポルトープランスとニューヨークの間の／空中のどこかで／でもぼくは、喪失感に苦しめられた」

私もまた、飛行機内の通路でたまたま親切な行為に遭遇すると、喪失感にさいなまれた。ある時、ポルトープランスからマイアミへのフライトで、腕に凝った刺青《いれずみ》をした筋骨たくましい白人男性が、不安そうなハイチ人の父親が彼の若い娘の隣りに座れるように、通路側の自分の席を快く譲って、彼には窮屈な中央の席に移るのを見た。また別のときには、車椅子で飛行機のドアまで連れてこられた老婦人が、そのあと自分の席まで歩いていくのに難儀していると、若い男性が彼女を抱き上げて、座席まで優しく運ぶのに出会った。

サンフランシスコからマイアミ行きの早朝の便に乗ったときには、私の二列うしろの席にいた女性が心臓発作を起こした。私がブラインドを下ろし、毛布を頭からかぶってうとうとしていると、医師が乗っているかどうかを尋ねる機内放送が流れた。二、三人いることがわかり、そのなかのごま塩頭の感じのよい男性がすぐに問題の処理を引き受け、飛行機備え付けの高性能救急キットのなかにあった心電計と除細動器を操作して、その間も冷静に、うろたえている夫と十代の息子から、彼女の病歴の詳細を聞き出していた。

その医師は、一番近い都市の一番近い病院に女性を運ぶべきか否かを考えながら、客室乗務員に彼女の名前、年齢、全体的な病状を大声で伝え、客室乗務員はそれを電話でパイロットに伝えた。

女性の名前はドナ。四十七歳で、とても痩せている。心臓発作を起こしそうなタイプでは全然ない。夫から医師への説明では、彼女は仕事でプレッシャーを感じており、三日間胸の痛みが続いていたのに、他の原因から来る徴候だと言いはって、問題にしなかったという。医師の勧めで、パイロットは緊急着陸することに決めた。

ソルトレイクシティの雪をいただいた山々に向かって下降している間、近くの乗客は、ドナが横になれるように席を立った。数人の乗客は、客室乗務員がすばやくカップや缶を集めるのを手伝いさえした。それは、どたん場での着陸には決定的に重大な作業だった。コミュニティというのは、家族と似て、時に偶然の集団化の結果だ。フライトの間じゅう互いを無視していた私と近くの席の乗客たちは、初めて互いを見て、心得顔にうなずきと視線を交わし合った。なぜなら、突然私たちは空に浮かんだ村のようなものになって、その仲間の一人が危険に曝《さら》されていたからだ。

飛行機が着陸して、救急救命士がドナを連れていくために機内に乗り込んでくると、彼らの一人が通路を進みながら、美しいソルトレイクに立ち寄っても、あんた方に追加料金が請求されることはないだろうさ、と冗談を言った。でも、だれも笑わなかった。代わりに、ドナが飛行機から運び去られるときには、乗客の多くが彼女の息子と夫の手を握り締めて、彼女のために祈っていますよと言った。そして、再び離陸するのを待っている間、私の耳には携帯電話の会話の断片と「ごめんなさい」「ありがとう」「愛している」という言葉が聞こえてきた。

日本から帰国してすぐに知った九・一一テロ

私が好きなのは、午後遅くか夕方早くに発つ便だ。そんな便に乗っているとき、私はいつも、地上から見上げている小さな子どもに、この飛行機はこんなふうに見えるに違いないと想像する。炎のようなオレンジ色に燃えている空を、銀色の小さな点のようなものが、すごい速さで横切っていき、自分もいつかここから出ていくというその子の夢を育むのだ。かつて、アソト・セイントや、その他の無数の子どもたちの同じ夢を育んだように。私は今、あの巨大な夕陽に燃える鳥のなかにいる。そして目的地に近づくにつれ、私の到着する都市の、明るく照らし出されたすべての場所が一望できる絵葉書のような眺め――戦闘員がかつて、冷たい光を発する大地の「神瞰図」と呼んだ光景――のなかへと降りていく。

ときどき、早朝の便では、もし空いていれば、最後列の窓際の席を頼む。そこで靴を脱いで、下からあがってくるエンジンの振動に身を任せる。それは、大きいけれど気持ちを落ち着かせてくれる、白色雑音《ホワイト・ノイズ》を出してくれるのだ。窓の外の夜明け前の空を見つめ、私はときどき目覚めながら夢を見て、高高度の濃い雲のなかから幻影が現われてくるのを見つめている。ある朝私は、イリヤナ伯母さんが――伯母さんは一度も飛行機に乗ったことがなかったけれど――雲の上をゆっくり私のほうへ歩いてくるのを見たような気がした。また別のときには、子ども時代の友だちで、三十歳で腎臓癌で亡くなったマリー・モード・ゲデオンを見つけたと思った。そのときの彼女は天空の霧のなかで、埋葬の折りに、結婚しないままに亡くなったからというので着せられていたウエディングドレス姿で楽しそうにとんぼ返りをしていた。

私の飛行機に対する恐怖が戻ってきたのは、ある夏の夜、マイアミ―ニューヨーク間で、あわや墜落するのではないかという危機的な経験をしたからだった。ニューヨークのラガーディア空港に近づいていたときに、飛行機が、まるで向心力によって吸い込まれているかのように、垂直降下を始めた。私は窓の外を見ていたが、下方に見えていた建物群の輪郭が、そのとき突然ぼやけだした。機体はガタガタと音をたてながら横揺れし、乗客たちは、大声で助けを求めたり、愛する人びとの名前を呼んだり、神に向かって叫んだりした。そしてついに待ち望んだ滑走路が姿を現わしたが、車輪が滑走路を打ちつけているようで、一回、二回、三回と巨大なバスケットボールのごとくに跳ねた。それから、機体はまた空中に飛び上がった。

誰もが茫然と座席に座り、完全に沈黙して、機長の説明を待った。

そして、やっと機長のアナウンスがあった。

「みなさん、飛行機には何の問題もありません」と、彼は落ち着いて断言した。今しがた、危うく激突しそうになっていたはずの都市の上を旋回しながら、機長は、われわれはウインドシアという、風向きが突然変わって起こる強烈な乱気流に巻き込まれた「だけ」です、と言った。

二〇〇一年九月十日、私は日本への十日間の旅から帰る飛行機に、母と一緒に乗っていた。私の二冊目の本、『クリック？　クラック！』という短編集が日本で出版されたばかりで、日本のアメリカ大使館とハイチ大使館の合同主催による一連の講演会で話をするようにと招かれていたのだ。旅行は大変うまくいっていた。仕事に加えて、母と私はあちこちを観光してまわり、世界的に有名な広島の平和記念資料館も訪れた。それでも、米国への帰国の便では、私は早く家に帰りたくて仕方がなかった。家というのは、ニューヨーク州ニューロシェルにあった私の最初のアパートで、私はそれを、作家の孤独の真の意味を教えてくれた町、誰も知り合いのいない町にある、私の一人芸術家村、と呼んでいた。東京からのフライトは、長かったけれど何ごともなく、順調だった。母は、詩編二十三を繰り返し読んでいた。「主はわたしの牧者であって、わたしには乏しいことがない」。食事のとき、彼女は読むのをやめ、機内食の多さに驚いていた。エコノミークラスなのに、と。私は母を、足に血栓ができないように、一時間おきに歩かせた。

私たちはシカゴに着き、短い待ち合わせのあと、飛行機を乗り継いだ。両方の便とも、私のテーマ読書はウォーレ・ショインカで、このナイジェリアの小説家・詩人・劇作家の作品のうち、まだ未読のものをいろいろと読んでいた。ニューヨーク市が私の最終目的地だったので、私は、十年以上前に発表された「ニューヨーク、USA」という題の彼の詩をゆっくり味わった。

パイロットの手から、制御の力はもぎ取られた。
あなたの手からも。中部大西洋岸の不運な航行者よ。
エンジンの最終下降の音は掻き消され、
残るは、あなたの乱れた足音だけ。

夕方の激しい雷雨のため、やむをえず市の上空でしばらく旋回し、私たちは予定より遅くに着陸した。私は、時差ぼけで眠れない夜を両親の家で過ごし、翌朝七時ごろに、自分の小さなトヨタ・エコーを運転して、ニューロシェルに向かった。道は混んでいなかった。前よりも運転の腕があがっていた私は、自信を持って、いつものようにホワイトストーン橋を渡り、ニューロシェルの、職場へ向かう人びとが行き交う並木通りに入った。それから歩いて、ほとんど家具のない部屋へ戻り、床に敷いたマットレスに潜《もぐ》り込んで深い眠りに落ちた。

数時間後に起きると、私は昼の連続ドラマを見ようとテレビをつけた。けれどもそこに映像はなく、「スノーノイズ」だけで、信号波は届いていなかった。あとでわかったのだが、それは、この信号波を私の家まで送っていたタワーが、午前八時四十五分に一機目の飛行機がワールド・トレード・センターに突撃したときに破壊されたからだった。ケーブルテレビを持っていなかったので、何が起きたのかを知らなかった私は、もう一度寝た。午後二時に電話がなって、私は起きた。父がずっと私に連絡しようとしていたのに、電話もまた不通になっていたのだった。「ワールド・トレード・センターが攻撃された」と、父は言った。「タワーはもうない。何千人もの人が死んだよ」

私は家に——両親の家に——飛んで帰りたかったけれど、ホワイトストーン橋は封鎖され、電車も動いていなかった。だから、この怖ろしいニュースを、長い時間をかけて一人で、体を触れ合える範囲内に愛する人が誰もいない虚《うつ》ろな状態で、整理しなければならなかった。私は一人きりで、私がふだん作家として求めている孤独は、何の役にも立たなかった。ある友人の妻は、二つ目のタワーから逃げ出すことができたのだけれど、ショックで一時的に言葉が出なくなっていた。私の妊娠中のいとこは、マンハッタンの中心部から、はだしで、ブルックリンの家まで歩いて帰った。弟のカールは、グランドセントラル駅の近くが職場だったけれど、まだ消息がつかめていなかった。それでも私は、タワーで、ペンシルヴェニアで、あるいはワシントンで死んだ人のなかに、私の知っている人はいないない、と思っていた。でも、もしかしたらいたのだろうか？

次の日、やっとニューロシエルから出られるようになると、私は電車でマンハッタンまで行った。マンハッタンは前よりも暗く静かな都市になっていて、「行方不明」のビラが地下鉄の壁に貼られており、街角には間に合わせの記念碑が作られていた。友人と家族の消息は確認できたけれど、私はそれでも、こう思わずにはいられなかった。いつか私にも、今ほど幸運ではいられないときがくるかもしれない、と。いつか私も、街をさまよい歩いて自分に問うているかもしれない。実際に、それからほぼ十年後にハイチで起こった別の大惨事の折りにそうすることになったように、どうして私以外の人びとは、いつも通りに食べたり寝たりして、父親や母親や息子や娘や夫や妻を捜さないでいられるのだろう、と。私はまた、実に多くの人びとと彼らの愛する人たちにとって、現実に世界の終わりだった時間を寝て過ごしていたことについて、自分を責めた。これほど多くの人びとがもう二度と目を覚まさないという事実が、私をしつこく苦しめた。自分は何の役にも立たないと考え、私は言葉を失った。

九・一一テロで命を落とした芸術家

「私は一語も書いていない」と、パレスチナ系アメリカ人の詩人スヘア・ハマドは、九月十一日のすぐあとに、逆説的に書いた。「カナル・ストリートの南の灰のなかに詩はない」

カナル・ストリートの南の灰のなかにいた人びとの一人は、マイケル・リチャーズだった。アメリカ生まれで、ジャマイカ人の先祖をもつ彫刻家の彼は、ブロンズを成型して自らを模した像を作ったが、それは、タスキギー軍用飛行場で訓練されて第二次世界大戦に従軍したアフリカ系アメリカ人の戦闘操縦士の像で、何十もの小さな軍用機に、体を撃ち貫かれているのだった（図A参照）。リチャーズは、ワールド・トレード・センターの第一ビルの九十二階にスタジオを持っていて、午前八時四十五分に最初の飛行機がビルに突撃したとき、そこにいた。前の晩、彼がそのスタジオで制作していた作品の一つは、空から落ちる流星に男がしがみついているところを表わすものだった。リチャーズは、航空学と飛行に興味を持っていて、それをモチーフにした作品を何年にもわたって制作してきていた。

私はマイケル・リチャーズを直接は知らなかったけれども、飛ぶということについての民間伝承におびえると同時に興味を掻き立てられてもいたので、彼の作品に魅了されていた。それらの作品はときどき、私の愛する文学作品の登場人物たちを、視覚芸術として描き出しているようにも思えた。飛行機に刺し貫かれたタスキギー航空兵は、私に、トニ・モリスンの『ソロモンの歌』の空飛ぶ保険外交員を思い出させた。彼の書いた別れの手紙は、世界で最も感動的なもののうちに入るに違いない。それはこう結ばれている。「一九三一年二月十八日水曜日に、ぼくはマーシーから飛び立って、自分の翼で飛んでいきます。どうかぼくを許してください。みんなを愛しています」

マイケル・リチャーズの連作で、三人の墜落死したタスキギー航空兵の等身大の彫像「きみは下にいるのか」は、私に、ラルフ・エリスンの短編「故国への飛行」を思い出させる。この短編では、若いパイロットが墜落して負傷したことをきっかけに、自分が生涯にわたって飛行機に夢中になってきたことについて考える。「翼をもつ」は、羽のある二本の腕がくっつけられた作品だ。これもマイケル・リチャーズ自身の腕をかたどったもので、ブロンズで鋳造してあり、九月十一日にタワーから飛び出して、両腕を羽ばたいて飛ぼうとしている男女を思わせて、ぞっとさせるような雰囲気

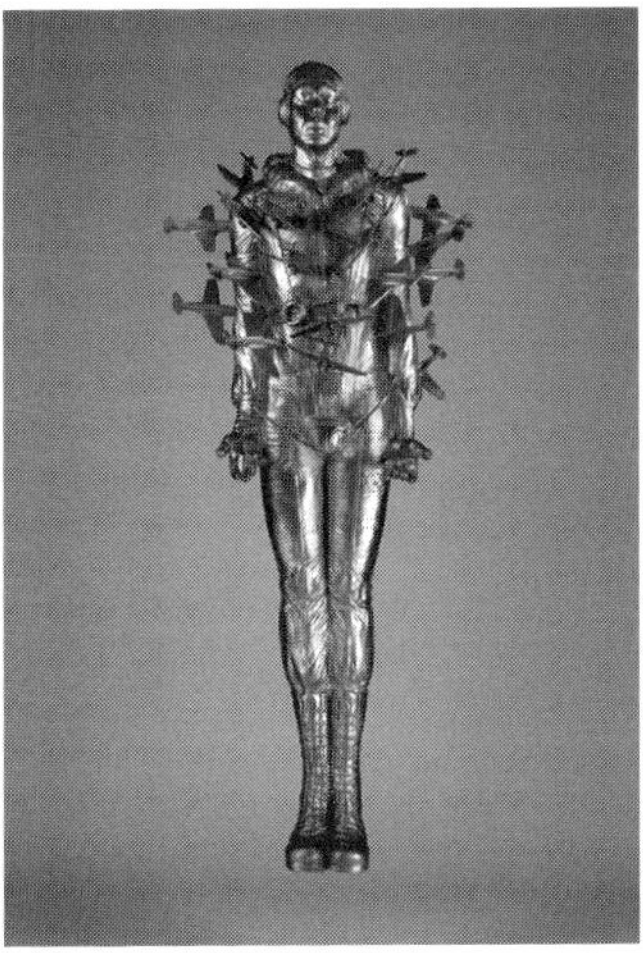

図A：「タール・ベイビー対聖セバスティアン」

がある。

マイケル・リチャーズは、自分がどのように死ぬかを知っていたのだろうか？ 自分自身の体がいつか、多くの人々の体を表現することになると、どこかで予感していたのだろうか？ 彼には、人によっては「二重の視力があった」というような、予知能力があったのかもしれない。古《いにしえ》のアフリカ人のように、自分に飛行能力があることを突然思い出して、飛行機が自分に向かって飛んでくるのを見て、現世で生きている体から抜け出し、いずこかへ飛び去ったのだと願わずにはいられない。ともかく彼も、だれもが本能的に知っていることをきっと理解していたに違いない。私たちは皆死なねばならないということ、そして私たちが死ぬときがいつであっても、それは常に一日、一週間、一カ月、一年、一生分、早すぎるのだということを。

「詩人は世界を鏡に変える。そして私たちに、すべてのことがしかるべき順序でしかるべく進行していくさまを見せてくれる」と、ラルフ・ワルドー・エマソンは書いた。「なんとなれば、詩人は、あのより優れた知覚力によって、ものごとの真実に一歩近い位置に立ち、すべての生き物のうちにあって、そのより高い姿への上昇と変化を推し進める力である……流れと変貌を見つめているからである」

マイケル・リチャーズは、ブロンズと石の詩人だった。彼は、私的な空間と公的な庭をその舞台とする彫刻家だった。ただ、彼の庭は、意図的にタールと灰で満たされていた。彼の死は、他の約三千人の人びとの死よりも悲惨だったわけではない。他の人びともまた、半分満たされたグラスについた指紋や、カラーについた口紅の跡や、ブラシや櫛についた髪の毛を残していった。けれども彼は、彼自身のことを語るだけではなく、彼ら全員について語るものをも残している。「彼はある日、いつもの習慣どおりに日が昇る前に起きて、夜が明けるのを見た。朝を生み出した永遠のように、壮大な夜明けであった」とエマソンは、彼の彫刻家の青年期について書いた。「その後何日も彼は、この静寂を表現しようと奮闘した。そして、見よ！　彼ののみは大理石から美しい青春の見取り図を創り出したのだ」

エマソンの彫刻家は、大理石から青春を取り出した。マイケル・リチャーズは、繰り返し自分自身を、苦悩と苦痛のなかにある死にゆく男として彫った。彼は、ヨーロッパの戦士セバスティアンと、狡猾な南部のアフリカ系アメリカ人のトリックスターであるタール・ベイビーを結びつけ、飛行機に刺し貫かれた体の彫像に「タール・ベイビー対聖セバスティアン」という作品名をつけていた。彼はその「タール・ベイビー対聖セバスティアン」の彫像を、一つではなく、二つ彫っていた。一つは彼とともにタワー内で壊れ去り、二つめはいとこのガレージに保管されていて、後に再発見された。

マイケル・リチャーズはニューヨーク市で生まれたが、ジャマイカのキングストンで育ち、それから青年期にニューヨークに戻って、しばしば移民と呼ばれる種類のアメリカ人となった。「インデペンデント」紙に載った死亡記事のなかで、美術評論家のエイドリアン・ダナットは書いた。「リチャーズは、自らのジャマイカ人の家族の期待を裏切って芸術家になった。芸術家というのは、金銭的に成功した中産階級市民のしきたりに支配された社会では、極めて稀な職業だった」。彼の友人で、美術学芸員のムクタル・コカシュは、「ヴィレッジ・ヴォイス」紙に話した。リチャーズの作品が描写しているのは、「疎外され、社会に認められていない男たちで、彼はそれを、黒人で芸術家で移民である自分自身の実存感覚を表わすために使った」と。

「世界の最高の知性が、すべての感覚的な事実の二重の――あるいはこう言ってもよいだろう、四重の、あるいは百重の、あるいはもっとずっと多重の――意味を探るのをやめたことはない」と、エマソンはエッセイ「詩人」に書いた。「なぜなら、われわれは鍋や手押し車ではないし、火の運搬人や松明《たいまつ》の持ち手でさえなく、火の子どもであり、火でできているのだから」

マイケル・リチャーズは、火の子どもだった。彼はしばしば、火のなかで自分自身を作り直した。自分自身の体を、何度も何度も、型として使って。

ラルフ・エリスンの「故国への飛行」のなかで、ある老人が、墜落して負傷した若いパイロットのトッドに訊く。「お前さんは、どうしてあの高い空を飛びたいんだね？」

「なぜかって」と、トッドは答える。「……闘って死ぬのに、ぼくが知っているかぎりそれが最もいい方法だからさ」

こう答えたことで、トッドは自らの少年時代を思い出す。あのころは、空を横切って飛ぶその影を追いかけながら、いつかは飛行機を捕まえて自分のものにしてやる、と思ったものだった。それらの飛行機が、憎むべき人種差別主義擁護のビラを地上に大量に撒くために使われているという事実も、彼のあこがれを弱めはしなかった。

「頭上に、飛行機が優雅に旋回しているのを彼は見た。飛行機は太陽の光のなかで、炎の剣のように光り輝いていた。それが空高く舞い上がるのを見て彼は捉えられ、ものすごい恐怖とおそろしいような魅惑の間でくぎ付けになった」と、エマソンは書いた。

突然の死という、あっという間に過ぎ去る現実を受け入れられないから、私は、マイケル・リチャーズは最後の瞬間に、自分が――私たちが――恐ろしく魅了されていることに完全に心を奪われ、魅惑されていたと思いたい。あるいは、彼にはこうささやくだけの時間があったと思いたい。「ぼくは飛び立ちます……そして自分の翼で飛んでいきます。どうかぼくを許してください。みんなを愛しています」

第十章
幽霊を喜び迎える

ジャン＝ミシェル・バスキアとエクトール・イポリット

それはとげのあるインタビューだった。そしてその一部は、今でもまだユーチューブの動画として サイバースペースに生きている。その中では、芸術史家のマルク・ミラーが、二十一歳のグラフィティ・アーティスト・画家・音楽家で、かつて映画スターでもあったジャン＝ミシェル・バスキアに、彼のルーツについて質問する。

「あなたは何者ですか？」と、ミラーは訊く。「ハイチ系プエルトリコ人ですか？」

「ぼくはここで生まれました」とバスキアは答える、「でも、母はプエルトリコ人の四世代目です。父はハイチの出身です」

「あなたはそのことが、自分の芸術に影響を与えていると感じていますか?」と、ミラーは続ける。

「遺伝子的に?」とバスキアは言葉をはさむ。

「ええ、そう」と、ミラーは答える。「遺伝子的に、あるいは文化的に」

「文化的に?」バスキアは、声に出して考えていた。まるで、自分自身に話しかけているかのように。「多分」

「ハイチはもちろん、芸術で有名ですよね」と、ミラーはつけ加える。

「だからぼくは、遺伝子的にと言ったんです」と、バスキアはそわそわして視線を逸らしながら答える。「ぼくは、ハイチに行ったことはないですから。それに、ぼくはアメリカというからっぽの隔離された空間のなかで育ちましたからね。主にテレビで」

「ハイチのプリミティブは、あなたの部屋の壁にかかってないんですか?」と、ミラーは訊く。

「家に?」とバスキアは、ミラーの皮肉の気配を掬《すく》いあげ、調子を合わせながら訊く。「ハイチのプリミティブって? 人? 人をぼくの部屋の壁に釘で留めるの?」

「絵のことを言ったんです」と、ミラーは含み笑いをしながら答える。「絵画です」

「いや、いや、いや」バスキアは続ける。「うちにあるのは、アメリカのどこの家にもあるような、典型的な複製画だけです。まあ、ない家もあるでしょうが。何も特別なものじゃありません」

もし、若きバスキアが部屋の壁に何かハイチのプリミティブを――絵画でも他のアートでも――かけていたとすれば、そのうちの一人はハイチの画家でヴードゥー司祭の――霊魂上の彼の祖先である――エクトール・イポリットであったかもしれない。

伝説によると、エクトール・イポリットがまだ若かったころ、夢のなかに精霊が現われて、あなたはいつか有名な画家になるだろうと告げた。ヴードゥー司祭の家に生まれていたので、イポリットは精霊に慣れていたし、精霊たちもイポリットに慣れていた。この予言が実現するのを待つ間に、イポリットはキューバに渡ってサトウキビ畑で働き、それから貨物船でエチオピアまで行った。その後、ハイチへ戻って靴職人の見習いとなり、ヴードゥー寺院や家や家具に絵を描いたり、カラフルな絵葉書を描いて当時占領中だったアメリカの海軍兵士たちに売ったりしていた。それから、バーのドアに絵を描いて、それが結局は彼の人生を変えることとなった。

一九四三年に、アメリカ人水彩画家のデウィット・ピーターズは、友人のハイチ人小説家フィリップ・トビー゠マーセランと一緒に、旅行者に好意的な村モントルイスに車で通りかかり、「イシ・ラ・ルネサンス（ルネサンス、ここに）」という酒場のドアにカラフルに描かれた、鳥や花の絵を見つけた。ピーターズはちょうど、ポルトープランスの中心街で芸術学校とギャラリー（アート・センター）を開こうとしていて、彼のような才能を探していたところだった。エクトール・イポリットはこの学校に入り、芸術活動に専念するために、ポルトープランスの中流階級住宅地に移り住む機会を提供された。しかし彼は、トゥルー・ドゥ・コション（豚の穴）と呼ばれる海辺のスラムに住み続けることを選んで、ここでヴードゥー寺院を運営しながら造船業を営み、なおかつ三年間で六百枚以上の油絵を描いた。

イポリットの初期のファンとコレクターは、伝説的な存在だった。フランスのシュールレアリスムの父アンドレ・ブルトンは、イポリットは現代芸術に大変革を起こすことができると断言した。トニー賞を受賞した舞踏家で振付師のジェフリー・ホールダーは、イポリットの生涯にインスピレーションを受けたバレエ劇を作ったが、アルヴィン・エイリー舞踊団は今でもそれを上演している。若き日のトルーマン・カポーティは、一九四八年十二月の「ハーパース・バザー」誌に書いた記事で、芸術家本人を醜くて「サルのように痩せている」とけなしながらも、イポリットの作品への賞賛を惜しまなかった。

イポリットの容貌は、デウィット・ピーターズと一緒に仕事をしていて、アート・センターでしばしばイポリットに会っていた、アメリカ人の美術品蒐集家セルデン・ロドマンにはずっとよく受け取られていた。ロドマンは、イポリットについて次のように書いたが、それはまたそのまま若いバスキアにもあてはまるといってもいい。「彼の針金のように硬い髪は中央でわけられ、耳のまわりの部分は剃られて、形を整えないまま横に広がって伸び、ほこりまみれの磁気を帯びた王冠のようだった。……彼はヴェヴェに霊感を与えた、あのアラワク族の砂絵描きの子孫なのだろうか？」

ヴェヴェは儀式用の絵で、精霊を呼び出すために略図で描かれる表象だ。しばしば地面に、ヴードゥーの儀式の前に、ひき割りトウモロコシ粉で描かれる。それぞれのヴードゥーの精霊、すなわちロアは、特定のヴェヴェと結びついている。愛の女神エルズリー・フレーダのヴェヴェは普通ハートだ。墓地の守護神バロン・サムディのヴェヴェは、墓石の上に立つ十字架だ。戦争の神オグンは、繋がった正方形で表わされ、身を守ってくれる盾を示している。十字路の主人レグバは、不思議な装飾を施された方向標識だ。ヴェヴェの略図は普通、短い時間だけのもので、儀式の間に踏まれて消える。シークィン〔スパンコール刺繍〕で飾った儀式用の旗に縫いつけられるときは別だが、それは、儀式の領域を大きくはみ出して、今日では流行のデザイナーブランドもののハンドバッグや洋服にまで使われている。イポリットの初期の作品のように、ジャン＝ミシェル・バスキアの線画や絵画はヴェヴェを思わせる。

　イポリットの死から十二年後にニューヨークのブルックリンで生まれたバスキアの子ども時代は、イポリットのそれとさほど違わなかったはずだ。イポリットは、ハイチの田舎で赤貧の家庭に生まれた。バスキアは、アメリカの都市部で中流階級の移民家庭に生まれた。イポリットが接した芸術は、主に実際的で装飾的なもの——鮮やかな色に塗られた家、ヴードゥー寺院、石造りの小屋、船、そしてタプタプと呼ばれるバス——だったのに比べて、バスキアはしばしば母親と一緒に美術館を訪れ——もしジュリアン・シュナーベルによるバスキアの伝記映画を信じてもよいならば——幼いバスキアは、ピカソのゲルニカの前で母が泣くのを見た。そしてそのとき金の王冠が、光輪のように彼の頭上に現われた。バスキアは幼い頃から、ブルックリン美術館に入れる自分用のパスを持っていて、視覚芸術を吸血鬼のように吸い込んだ。やがてすべてに退屈し、憑りつかれた彼は、十代で家を飛び出して、マンハッタンの路上で生活し、そこで中毒性の強いドラッグを摂り始め、繁華街の壁に不可解な言葉を描くようになった。

　イポリットのように、バスキアも、短いキャリアのなかで並外れて多作だった。二人とも、主にカンバスの上に描くことに落ち着くまでは、あらゆるものを画材とし、あらゆるものに描いた。スプレー式塗料（バスキア）から鶏の羽（イポリット）まで。あるいはドア（バスキアとイポリット）、ベッドの枠台（イポリット）、ヘルメット（バスキア）、マットレス（バスキア）。何か神秘的な夢が彼をその結論に導いたのかどうか、私たちにはわからないが、十代のころからバスキアはハイチ人の父親に、自分は「いつかとても、とても有名になる」と予告していた。

それぞれのハイチ、それぞれの信仰

　生涯にわたってヴードゥーの敬虔な信者《セヴィテ》であったため、バスキアよりも年長で成熟していたエクトール・イポリット――「発見された」とき、彼は四十九歳だった――は、自分の芸術はロアからの贈り物だと思い、ロアが求めているものと、自らが結実させられるものとのバランスをとろうと、慎重な努力を続けた。カンバスは、イポリットにとっては、ロアに仕えるためのもう一つの空間に過ぎず、彼がロアたちに正しく仕えると、ロアたちは彼に褒美として絵画のアイデアを与えてくれた。

後に、画家として盛んに活躍するようになると、イポリットは絶えず精霊の導きを仰ぎ、画家でいつづけることへの承諾を精霊たちに求めた。多忙を極める創作活動のために、ヴードゥー司祭《ウンガン》としての務めを果たす時間が少なくなってくると、特に。

「私はしばらく、ヴードゥーに携わっていない」と彼は、セルデン・ロドマンに言った。蒐集家ロドマンは、シュロの葉で作られた土の床の、画家の小屋を訪ねてきていた。「私は、ウンガンとしての仕事をしばしの間やめるための許しを精霊に請うた。絵のために。……精霊は、私の願いを聞き入れてくれた。私はずっと司祭だった。父や祖父と同じように。でも、今の私は、司祭というより画家だ」

ヴードゥーのような集団的な宗教では、とマヤ・デレンは『聖なる騎手　生きているハイチの神々』に書いた。「主題の身体的表現（絵画であれ太鼓の音であれ）には……創り手たる個人が、聖人でありかつ芸術的天才であることが要件である」

なぜか？

なぜなら、とデレンは続ける。「偉大な芸術家は神の支配領域であるから。ロアのみが偉大な芸術家たり得るのだ」

エクトール・イポリット自身もまたそう信じていて、おそらく同時代では最も有名なハイチ人芸術家だったにもかかわらず、彼は、マヤ・デレンが、「匿名の創案者」、「神々の経営する集団企業体の一員」、と呼んだ者であるかのように、絵を描いた。

　バスキアはその島国を、直接的な影響を受けた場所としていつも挙げていたわけではなかったけれども、彼は確かに、イポリットをではなくとも、ハイチを意識していた。バスキアがハイチについての質問を受ける頻度はおそらく、プエルトリコやアフリカ大陸についてのそれと同じくらいだっただろう。アフリカ大陸について彼は、「ニュー・アート・インターナショナル」誌のデモステネス・ダヴエタスに語っていた。「ぼくは、アフリカに行ったことはありません。ぼくは、ニューヨークという環境に影響を受けた芸術家です。でも、ぼくには文化的記憶があります。それは特に探し求める必要もなく、ずっとあるんです。あちらに、アフリカに。ぼくがそこに行って住まなきゃならないということじゃありません。ぼくたちの文化的記憶は、どこへでもついてくるんです、たとえどこに住もうと」

　バスキアのハイチに関係した絵の多くが生まれてきたのは、おそらく、これと似たような文化的記憶からだったのだろう。たとえば「無題　一九八二」のような絵（図B参照）。この作品には、カンバス上に肉太の文字で「ハイチ」（HAITI）と書いてある。その語の上方には部分的に仮面で覆われた顔とバスキアを表わす王冠が、「借款」（LOANS）という語の下に浮かんでいて、これはハイチの抱える膨大な借金を強調している。それから、それらの借金の歴史を、コンキスタドール〔征服者〕、エルナン・コルテスからナポレオン・ボナパルト（彼のファーストネームは線を引

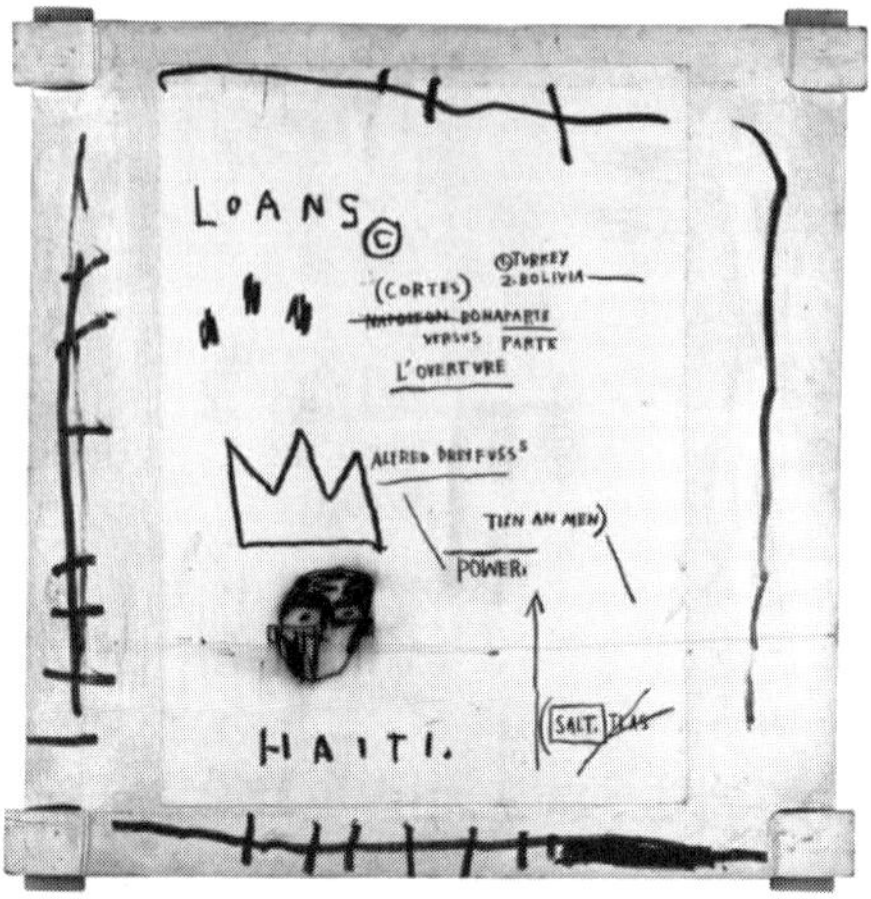

図B：「無題　一九八二」

いて消されている）へ、さらに下ってハイチ革命の指導者の一人トゥサン・ルベルチュール（彼の名前にはアンダーラインが引かれている）へとたどっている。ルベルチュールが自ら名のったラストネームにバスキアが採用したスペリング（一般的な「Louverture」ではなく、「L'Ouverture」）は、ルベルチュールをレグバに近い人物にする効果を与えている。レグバは十字路を司《つかさど》る精霊で、私たちが霊界に入るときに通っていく「通路」だ。また、絵のなかの「ハイチ」の語の近くには「塩」（SALT）の語がある。塩は、ハイチの伝説によると、ゾンビを永遠の囚われの身から解放し、再び人間に戻すために、私たちが彼らに与えるものだ。

トゥサン・ルベルチュールは、黒い帽子をかぶり剣を持って、バスキアの一九八三年の絵「トゥサン・ルベルチュール対サヴォナローラ」に再登場する（図C参照）。ここでバスキアは、この〝黒きスパルタクス〟を兵籍に入れ、イタリア人司祭で、いわゆる不滅の芸術の破壊者たる人物と闘わせる。バスキアの心のなかでは、どちらがこの闘いに勝つのだろう？　もしかしたらこの絵はいつか、新しい前衛的なビデオ・ゲームを生むきっかけとなるかもしれない。

ハイチは、プエルトリコやアフリカ大陸と同様に、明らかにバスキアの意識とＤＮＡのなかに存在していたが、ただし単独でそこにあったわけではなかった。バスキアは、どの集合体にも属していなかった。彼は、多くの文化的・地理的伝統から自由に自分の作品に借用したし、その間を自由に浮遊して回った。混交した文化をもつ他の多くの第一世代、あるいは第二世代のアメリカ人と同じように、彼自身の帰属意識は流動的だった。エクトール・イポリットのヴードゥー絵画と同じように、彼の作品は共生と混交の世界であり、ヨーロッパのカトリック主義とアフリカの宗教儀式とを混ぜ合わせて、それらを芸術家本人のビジョンによって――つまりイポリットの場合もバスキアの場合も、それぞれのビジョン群によって――新しく作られた世界に採用していった。

図C：「トゥサン・ルベルチュール対サヴォナローラ」(部分)

　バスキアのなかにハイチの影響を探して、すべての作品をより深く見つめていけば、矢を射る男たちにオグンを認められるだろうし、ハートで覆われた頭蓋骨と十字架はバロン・サムディとエルズリへの献げ物に違いないと確信できるかもしれない。しかし、たとえそれが否定し難い事実だったとしても——たとえバスキアが、イポリットのように、ヴェヴェやその他のロアへの貢ぎ物を意図的に画面に描いていたのだとしても——彼はまた、亡霊を退けようともしていた。まったくその通りのタイトルのついた絵のなかの、悲しく怯《おび》えた表情の若者のように。ほとんど二つに引き裂かれたように見える若者で、首に十字架（あるいはアンサタ十字〔古代エジプトの十字。上部に環がついた十字架で、生命の象徴〕か？）をかけ、老人の杖に寄りかかっている。レグバのように。門の番人、精霊の世界と人間の世界の間で瞑想するロア。身体的・精神的な十字路に立つ神。そこを安全に通してもらうためには、このように頼まなければならない。「パパ・レグバ、どうぞ道をあけて、門を開いて私を通してください」

「亡霊を退ける」のなかの若者の身体の下半身は、未完成のハートによって占有されている。それは、ひょっとしたら、ハイチの愛の女神エルズリのものなのだろうか？　彼女はしばしば、将来有望な若者との儀礼的な結婚式をあげることを要求するが、それにはバスキアよりもイポリットのほうが、快く応じていたように思える。エクトール・イポリットは、亡霊たちを退けようとは決して思わないだろう。彼は、亡霊たちを歓迎した。亡霊たちが彼を選び、彼に霊感を与えていた。彼らがその芸術を育んでいた。たぶん彼らは、バスキアにも同じようにしたのだろう。けれども、解釈のなかで何かが失われたのかもしれない。そしてバスキアは、それに気付くことが、あるいは理解することが、できなかったのかもしれない。

バスキアは、麻薬の過剰摂取で一九八八年に二十七歳で死んだ。おそらく、まだ生きていれば、彼は、他の多くの亡霊たちとともに、ハイチの土着的な亡霊たちを、喜んで受け入れることができるようになっていただろう。例えば、私たちは、彼がとても楽しみにしていたという象牙海岸への短い旅が、彼の芸術にどんな影響を与えるのかを見ることは叶わなかった。彼は、それによって自分のスタイルを少し変えたかもしれない（あるいは変えなかったかもしれない）し、百八十度の方向転換をして、いつかなりたいと友人らに語っていた詩人に、実際になったかもしれない。イポリットもまた、一九四八年に五十四歳で亡くならなければ、スタイルや方向性を変えたかもしれない。精霊たちが彼らをどこへ誘うつもりだったのか、誰にわかるだろう？　あるいは、もしかしたら、彼らは自分の使命を果たし終え、それ以上なすべきことも、言うべきことも、創造するべきものも、なかったのかもしれない。

ヴードゥーでは、私たちは死んだらギネンに帰ると信じられている。私たちの祖先が、奴隷にされ、新世界に連れてこられる前に引き離された祖国だ。ギネンは、アフリカ全土の代名詞というべきもので、失われた子らの身体の帰還を喜び迎えることはできなくとも、彼らの霊魂の帰還を大変な喜びをもって迎える観念上の大陸を、ある一つの国として新たに命名したものだ。ヴードゥーではまた、こうも信じられている。人びとがトランス状態になる憑依現象は、精霊が人間に話しかける機会であり、トランス状態にある人、つまり憑依された人は、精霊が入って話す器、シワル、つまり聖なる騎手なのだ。バスキアもイポリットも、彼らが異常なほど活動的で多作だったことが示しているように、ある種のトランス状態にあって、自身が歓迎しようと――あるいは退けようと――している精霊たちに憑依された、聖なる騎手たちだった。憑依は、しかしながら、生涯続くものとはされていない。身体も精神も、それに耐えぬくことも維持しつづけることもできないのだ。

バスキアはむしろ、そのことを知り過ぎていたのかもしれない。マルク・ミラーがバスキアに、彼の部屋の壁に掛けられているべきだったハイチのプリミティブについて訊いたとき、バスキアの脳裡にあったのは、おそらく、鏡に映ったプリミティブ、すなわち、無名の発明家としての自分自身だけだった。彼は無名の状態から引き上げられ、神の座に祭り上げられ、それからは絶えず粗野だ、ナイーブだ、野蛮だと揶揄され、後に「ニューヨーカー」誌の一九九二年十一月九日号のアダム・ゴプニックによる批評記事のなかでは、「マディソン・アベニュー・プリミティブ」とレッテルを貼られる結果となった。そして、彼はいなくなってしまった。これらの、おそらく誤解された姿形のなか以外には。もしかしたら、マディソン・アベニュー・プリミティブは今、トゥルー・ドゥ・コション・プリミティブと並んでいるのかもしれない。見知らぬ蒐集家の保管庫の中で。そうでなければ、彼らの共通の祖先の地ギネンで。あるいはことによると、無名の若い画家の部屋の壁に貼られた二、三の安い複製画のなかで。

第十一章 アケイロポイエートス（人の手で作られたものに非ず）

処刑を見ていたフォトジャーナリスト

一九六四年十一月十二日に、マルセル・ヌマとルイ・ドロアンが処刑されて、二人の遺体が運び去られた。一説によると、フランソワ〝パパ・ドック〟デュヴァリエが自ら検死できるように、大統領府へと。そのあと、見物人や兵士たちが散り始めると、それまでは死刑執行人のとどろき渡る銃声から離れて、群集のうしろに立っていた、背が高くやせこけた十三歳の少年が前に出てきた。彼は、弾丸だらけの杭のほうへ歩いていき、ルイ・ドロアンがかけていたメガネを拾い上げた。

だが彼、ダニエル・モレルがそのメガネを手に持っていられたのは、もう一人の少年にうばい取られるまでの、ほんのわずかの間だけだった。しかしそれを手にしていた束の間に、彼は、ひび割れたレンズの上に、ドロアンの飛び散った脳のごく小さな塊がついていることに気がついていた。メガネをそのまま持っていたら、たぶん彼はレンズをきれいに拭いて顔の高さまで持ち上げ、死者の目に映っていたはずの世界を、そのとおりに見てみようとしただろう。ハイチではしばしば、殺人事件の犠牲者の眼球は、殺人者によって抉《えぐ》り取られる。なぜなら、こう信じられているからだ。人が最後に見る像は、その人の角膜上に写真のように鮮明に刻印され、死んだあとまでも消えない、と。

マルセル・ヌマとルイ・ドロアンの処刑を目撃するまで、ダニエル・モレルは死者の目にとりたてて興味はなかった。彼は、他の少年たちと同様に、ポルトープランスのあちこちを歩き回り、友だちとサッカーに興じていた。ときどきは、父親のパン屋で働いたり、サトウキビの茎を南部レオガンの畑からポルトープランスの砂糖製造工場まで運ぶ、ハイチの貨物列車に乗ってみたりもした。けれども、処刑がすべてを変えた。

次の日彼は、ポルトープランスの繁華街にある、父親のパン屋の近くの写真館を通りかかった。開いたドアに、マルセル・ヌマとルイ・ドロアンの遺体の拡大写真が貼られていた。国内の潜在的な反対勢力を牽制する目的で掲げられているものだった。この写真は、何週間にもわたってあちこちに貼り出されていて、若きダニエル・モレルは、いつもそのそばを歩いた。そして、彼は処刑の現場にいたにもかかわらず、毎日、初めて目にするかのように写真に見入り、目をそらすことができなくなった。

「そのときにぼくは、フォトジャーナリストになると決めた」と、ダニエルは、それから四十五年以上経って、マイアミのリトルハイチ地区にある私の家のダイニングルームのテーブルで、当時を思い出しながら話した。

私たちは、その十年ほど前に、私がハイチ系アメリカ人ジャーナリストの友人たちと一緒にハイチに行ったときに、初めて会った。万聖節で、私たちは全員で彼と一緒にポルトープランスの国営墓地に行き、集まった人びとが墓地内で死者を敬うために歌い、踊り、祈るのを見ていた。

今では、ヌマとドロアンが埋葬された場所を正確に知っている者はだれもいない。だから、二人はあの日、国営墓地で祈りを捧げるために選ばれた死者たちのなかに入っていなかった。私は、霊屋《たまや》と墓の間の狭い通路を歩きながら、自分が見ていた処刑場面の写真をもとに、その場所を突き止めようと努めていた。そして、正門横のひび割れ、落書きで覆われたセメントの壁が、その場所だったと決めた。騒がしく混み入った地域が隣接していて、外側には、ごみがいっぱい詰まった浸食溝のある壁だ。

写真の持つ力

最初に出会ったとき、私はダニエルのヌマとドロアンとの繋がりを知らなかった。そして彼は、私が二人に興味を持っていることを知らなかった。実際、彼は写真を撮るのに忙しく、私たちは互いに言葉を交わしさえしなかった。私が、あの処刑の現場に彼が居合わせていたことを知ったのは、二〇〇六年秋のニューヨーク州ニューパルツでの彼の写真展で、話をしたときだった。「ぼくはすぐに、ハイチの歴史を記録できるように、写真家になりたいと思った」と、その日彼は言った。

私の家での会話の折りには、彼はそのことについてさらに詳しく話してくれた。「子どものころからぼくが勉強に使っていたハイチの歴史の本には、最近の写真も、役に立つ古い写真も載っていなかった。ぼくが読んだ限りの歴史の本では、ハイチの歴史は一九五七年で終わっていた。フランソワ〝パパ・ドック〟デュヴァリエが権力を握る前までではね。だが、写真の世界では、歴史というのは十分前までに起こった出来事を指す。写真は命と動きを記録するけれど、歴史と死も記録する」

「写真は、挽歌に似た芸術である」と、小説家でエッセイストのスーザン・ソンタグは『写真論』に書いている。「すべての写真は、死の表徴だ」と。つまり、写真は思い起こさせるのだ。ロラン・バルトが『明るい部屋』で説明するように、遅かれ早かれ被写体は死ぬのだということを。

「写真を撮ることは」と、ソンタグは続けて言う。「自分とは別の人（あるいは物）の死すべき運命、もろさ、無常に関与することである。まさにこの瞬間を切り出して凍結させることで、すべての写真は、時が容赦なく過ぎ去ってしまうということを証明する」

ダニエル・モレルは、マルセル・ヌマとルイ・ドロアンが死ぬのを見て以来ずっと、ハイチが容赦なく消失させられていく姿を記録しようと努めてきた。十五年間にわたって、通信社によって世界中の報道・新聞・出版物に配信されてきた彼の写真は、見た瞬間にそれとわかる。終わりのない悪夢のなかから発せられる叫び声のように、むき出しでぎょっとさせられ、心に強烈に迫って恐怖を抱かせる。彼は、被写体にも写真を見る人にも哀れみをかけない。生《いのち》が彼らに哀れみをかけないのと同様に。彼は目撃者であるけれども、ほとんどそこにいない。見ている者は、写真が自ら撮影したのではないかとさえ思う。なぜなら、そこに記録されているのは、周りにだれかがいるときにできるとはとても思えないような行動だから。他人の切断された指を嚙むとか、人間がうずたかく積まれた山に火をつけるとか。

彼の作品のなかにしばしば現われるのは、ヌマとドロアンが死ぬのを見ていたダニエル自身や他の多くの若者たちもおそらくそうであったように、静かな苦痛のなかにいる子どもたちだ。彼らは重たい物体を――セメントの塊やバケツを――運んでいる。彼らは、ゴミの山のなかで小さく見える。彼らは、ちっぽけな教室に詰め込まれている。彼らは、通りで死にかけた友だちの血まみれの頭を抱いている。骸骨のようにやせ細った死人の仲間に入ったときには、隙間なく積まれた台車付き担架から今にも転げ落ちそうで、腕をだらりと垂らしている。まるで、地面に手を触れようとしているかのように。彼らを土の中にちゃんと埋葬してやる余裕のある者など、だれもいないのに。

デュヴァリエ独裁政権の間は――と、今では白髪まじりであごひげを生やした、穏やかな話し方をする中年男性になったモレルは説明する。だれもカメラを持って大統領府の前を歩くことは許されなかった。もしそんなことをすれば、スパイと間違えられて射殺される恐れがあった。写真は、恐怖を与えるためかプロパガンダのために使われるとき以外は、家のなかかプロの写真館のなかのみで撮られ、そこで人びとは座ってポーズをとり、物思いにふけっているか、満足げに笑みを浮かべているかの表情を作った。ぼくは国のプロパガンダから写真の力を取り戻し、それを被写体に返したかったが、十七歳でハイチを去る前にそれを実現することはできなかった。

彼が最初に写真撮影の課題を与えられたのはハワイの大学でのことで、料理の授業の様子を撮影した。二回目は、元米国大統領ジミー・カーターがハイチを訪れているときに、彼を撮影した。大勢のカメラマンたちに囲まれて、ダニエルは周囲のシャッターとフラッシュの音の嵐に魅了された。ロラン・バルトが写真の「生きた音」と呼び、ダニエル・モレルが、そのすべての「カシャ、カシャ、カシャ、カシャ」と言っているものだ。

歴史的な写真で、彼が仕事のさなかにしばしば思い出すのは、マルセル・ヌマとルイ・ドロアン、ジョン・F・ケネディの暗殺、そしてテレビでも放送された、ジャック・ルビーがケネディの暗殺犯であるリー・ハーヴェイ・オズワルドを射殺する場面だ。これを彼は、子どものころ「パリ・マッチ」誌に載った生々しい写真で見た。のちに彼は、自身の作品のなかでそれらと似た画像を捉えることになり、このため、ハイチの人々の生活の、最も苛酷で最も暴力的な側面のみを見せる嗜好があると非難されるようになった。

「たくさんの人が、ぼくの写真を見る」と、彼は話した。「そして、ぼくに言う。『あなたは、この国の印象を悪くする』、と。人はしばしば、ぼくの写真はネガティブに過ぎると言う。彼らは、ぼくの写真にショックを受ける。でも、それがまさにぼくが人びとから引き出したい反応なんだ。ぼくは、ハイチをけなしたり侮辱したりはしていない。ぼくはただ、人びとにあるがままを見せているだけだ。なぜなら、たぶん、自分自身の目でそれを見れば、状況を変えるためにだれかが何かを始めるだろうから」

一九八〇年にダニエルは、ハワイからハイチへ戻った。そして、ハイチの各地を旅してまわり、田舎の結婚式や通夜の様子を撮影した。一九八六年にデュヴァリエ独裁政権が終焉を迎えたあとでは、街の通りのあちこちに以前デュヴァリエの手下だった者たちの死体が転がっていたが、このときから彼はニュース関連の写真を撮り始めた。彼はハイチのいくつかの新聞社と仕事をし、たまに外国の新聞社からの依頼でフリーランサーとしても働いた。だが、やがて仕事の大半は通信社に提供するものとなった。

二〇〇四年、ジャン＝ベルトラン・アリスティド大統領の二度目の出国の年、妻が獰猛な番犬に襲われて死亡するという個人的な悲劇に遭ったあと、ダニエルはハイチを離れて米国に戻った。それからは、写真家として生計を立てようとずっと努力を続けてきた。今では年配の移民となった彼には、生活とキャリアを立て直すことは、以前よりもずっと困難だ。

「ぼくには、もう自分の国はない」と、彼は言う。「ハイチでは生きていけないし、米国でも生きていけない。ハイチでは、ぼくはジャーナリスト《ジュナリス・ラ》、芸術家《アティス・ラ》、と呼ばれていた。ここでは、自分はほとんどなんの価値もない人間だと感じる」

彼は、自分を哀れんではいない。これまであまりに多くの惨事を見てきた彼に、それはありえない。彼はむしろ、自分の人生のこの段階を記録したいと考えている。フレームごとに、一日ごとに。

私たちがマイアミで会った八カ月前、彼は身体の平衡を失い始めていて、あるとき倒れて頭を強く打った。あまりにひどく打って、どこで倒れたのかも覚えていないほどだった。脳震盪を起こし、脳内出血もあって、病院へ行ってMRIを撮ってもらうと、脳に良性腫瘍が見つかった。手術を受けるにはその前に血漿の投与が必要で、そのため彼は、ニューイングランドの病院で十九日間を過ごした。そしてその間、病室の窓外の一日中溶けることのない霜《しも》と、印象深い冬の夜明けと日没を毎日撮影した。ときどきスズメが一羽窓のところに姿を現わし、覗きこんで彼を見た。彼は、スズメは亡き妻の亡霊だと確信した。妻が死んだあと、どうしても妻の遺体を撮影することのできなかった彼は、このスズメを撮影した。この鳥のなかに、恐ろしい悲劇のなかからなにか美しいものを救出する機会を見たのだ。入院している間に、彼は、彼の担当スタッフと彼が受けた処置のすべてを撮った。鏡を使って、自分自身も撮影した。外科手術の前に外科医たちに頼んでおいて、自分の開かれた頭蓋骨と曝《さら》された脳を撮影してもらった。そしてその写真を、後に私に見せてくれた。

　自分にカメラを向けて、死をまぬがれない自分自身を記録するのは、どんな気持ちだった？と、私は訊いた。

「楽しかった」と、彼は言った。「ぼくは幸せだったよ。たとえそれがぼくの最後の写真になったとしても、死ぬときにはカメラを手に持っているだろう。ぼくは、他の人たちを記録してきた。自分を記録しないままでは死ねないよ」

　そして、手術から回復してくると、彼は二十五年間に撮りためてきた写真のことを考え始めた。すると、嬉しいことに、すべての画像がまだ彼の脳に一つひとつ、手術前とまったく同じように刻み込まれていた。しかしながら、彼は今、他の種類の写真に専念しようかと考え始めている。

「ぼくは、争いも緊張もない写真、挑発的ではない写真を撮りたいと思う」と、彼は言う。「ぼくは、ハイチの美しさを見せたい。ハイチに住んでいたときには、醜さと同じくらい多くの美しさを見たのだから。ぼくは、ごみの臭いを嗅いだのと同じくらい、ポルトープランスの中心街にあった父の店で、パンが焼けるすばらしく香ばしい匂いも嗅いだんだよ」

　彼は今、ハイチ最古の音楽グループ、オルケストル・セプタントリオナル・ダイチについての本を執筆中だ。この楽団はかつてフランソワ〝パパ・ドック〟デュヴァリエを讃える歌を書き、演奏していた。おそらく、彼らがそうしたのは、生き延びるためだったのだろう。なぜなら、彼らはステージの上から、ショーのさなかに人びとがデュヴァリエの手下どもから残酷に打たれたり、時には射殺されたりする様を目撃していたから。オルケストル・セプタントリオナルの音楽家たちは、のちに、抵抗と闘いを勧め、独裁政権の終焉を祝う歌を書き、演奏することになった。オルケストル・セプタントリオナル・ダイチはデュヴァリエのトントン・マクートによって熱愛されていたので、ダニエル・モレルはかつては彼らを大統領府の音楽家、金で働く芸術家だと考えて、無視していた。しかしあるとき、彼らが演奏しているクラブの近くでタイヤがパンクしてしまい、タイヤを直してもらっている間に、モレルは、それが彼らのものだと気づかないまま、漏れ聞こえてくる彼らの音楽に惚れ込んでしまった。

「ハイチでは、音楽は政界で大きな働きをする」と彼は、共同執筆者ジェーン・レーガンとともに、未刊行のオルケストル・セプタントリオナルに関する本のあとがきに、書く。「それぞれの政権には、彼らの政権掌握を助けた音楽があった。そしてそれぞれの政権は、政権を維持するために音楽を使った。音楽はまたしばしば、政権を倒す助けとしても使われた。ハイチの政治家たちは、どのバンドに最も人気があるかを見きわめて、彼らをサポートする。楽器を買い与えたり、カーニバルや田舎の祭りに参加するための資金を与えるなどして。……オルケストル・セプタントリオナルはこれまでのところ、ハイチという国を破壊した政治的、社会的な嵐と、ハイチ的なるものすべてを埋没させようとする音楽的、文化的な嵐とを、生き延びてきた」

彼は、今ではこのグループに非常な好意を寄せており、彼らのドキュメンタリー映画も作っている。マイアミの私の家に立ち寄ったとき、彼は、グループの最年長者でリーダーの一人である人物の葬儀を撮影しに行くところだった。

「ぼくは、彼の死を撮影するつもりはない」と、彼は言った。「ぼくは、彼の生を撮影するんだ。誰かが棺のなかに横たわっていたとしても、十分によく彼らを捉えれば、彼らの精神を捉えれば、彼らを生き返らせることができる。ぼくは、葬儀で死を撮影しない。生を撮影する」

私は彼に、写真と死の間にどんなつながりがあると考えているかと訊く。すると、彼は笑って答える。「ポーズを取るのは、死と同義だ。写真のために人にポーズを取らせたら、彼らを殺すことになる、とぼくは思う」

私は彼に、リトルハイチに住むスタジオ写真家の話をする。彼が写真家になったのは、赤ん坊のときに母親が死んで、彼女の写真がなかったために、一度も母親の顔を見ることができなかったからだった。今この男は、意図的に人びとの母親のポートレートを撮り、彼女らの中に、自分の母親を想像している。

私はそれから、写真のことを述べた私の好きなハイチの詩、フェリックス・モリソー・ルロイの「旅行者」を挙げる。そして私たちは、二人ともが覚えている数行を一緒に暗唱する。

旅行者さん、私の写真を撮らないで
私の写真を撮らないで、旅行者さん

私はあまりに醜い
あまりに汚い
あまりに痩せ細っている
私の写真を撮らないで、白人さん
ミスター・イーストマンは喜ばないでしょう
私はあまりにも醜い
あなたのカメラは壊れるでしょう
私はあまりにも汚い
あまりにも黒い

この詩の核心にあるのは、レンズの向こう側の声が発する嘆願だ。読み違いをされ、間違った見方をされ、誤解されることの恐怖を、文脈から切り離して提示されることの恐怖を、貧困に苦しめられている被写体が実際に声を出して語る非常に稀な瞬間だ、と私たちの意見は一致する。その恐怖は、自分たちの生活のなかにはない機械の小さなレンズを通して、魂が盗まれるかもしれないと心配した他の被写体たちの恐怖と、とてもよく似ている。自分が写真に撮られることを許すのは、写真家が見知らぬ人物であっても知人であっても、大きな信頼を示す行為だ。そして、被写体とレンズの間に、捉える者と捉えられる者との間に、心地よさ、あるいは不快感があるときには、だれにでもそれを感じ取ることができる。ダニエルの写真の被写体の多くは、捉えられた者だ。写真が撮られる以前にさえ、彼らはすでに苦境を司《つかさど》る神々によって捉えられていたのだ。

それでも、写真に撮らないでほしいと嘆願している人物の裏面には、もう一つ別のパラダイムがある。脱出不可能な状況に捉えられた人は、どうぞ私を撮って、と言うだろう。

ジャーナリストさん《ジュナリス・ラ》、どうぞ私の写真を撮って
どうぞ私の写真を撮って、芸術家さん《アテイス・ラ》
私はひどく貧乏で
追い詰められ
この苦境から抜け出せない
どうぞ私の写真を撮って、ジャーナリストさん
ミスター・イーストマンなんてくそくらえ
私はあまりにも醜くはない
あなたのカメラは壊れはしない
私はあまりにも汚くはない
あまりにも黒くはない

死者の姿を撮影すること

暴風雨が四度続けて襲いかかり、ハイチを破壊しつくしたあと、私の友人で「マイアミ・ヘラルド」誌のジャーナリスト、ジャクリーン・チャールズは話してくれた。彼女が、写真家のパトリック・ファレルとともに、大災害の現場で数人の死んだ子どもが氾濫する川から引き上げられるのを見ていたときに、嘆き悲しむ一人の父親が、娘の写真が撮られる前に、泥にまみれたその体を洗うためのきれいな水と、彼女に着せるためのかわいいドレスをどうか手に入れてほしいと懇願した様子を。この娘の写真は、のちにピュリッツァー賞を受賞する一連の写真の一枚になった。これが、娘が写真に写る最後になることをわかっていた父親は、娘が完璧に、最も美しく見えるようにしてやりたかったのだ。

父親は、とジャクリーンは私に言った。娘の物語を伝えてほしいと必死になって頼んだ。それは特異なもので、彼女の顔は普通ではなくなってしまっていたが、それでも、その物語は嵐のもたらした、より大規模な惨事について、多くのことを明らかにしてくれると彼は知っていた。そのようにして、悲しみに打ちひしがれた父親は、ハイチやその他の地域で長く尊ばれてきたひとつの伝統を守っていたのだ。死者の形見として、その写真を撮ることで、彼らを自分たちのもとに留めておき、同時に、愛する者の顔に、多くの人びとの顔を代表させるという伝統を。

別の写真家で、イスラエル人のダニエル・ケダルはハイチ中を旅して回り、小作農たちの写真を撮ったが、農夫たちは、それまで自分の写真を見たことがなかった。ケダルが彼らに、その場で現像された写真を渡すと、これは自分ではないと彼に言う者さえいた。

「いいや、私はこんなに痩せてない」「ちがう、私はこんなに老けてない」と、彼らは言うのだった。

　すべての人びとの姿が私たちにイメージとして提供されているのでなければ、私たちはそもそも、自分の姿がどう見えているのか、想像したりするだろうか？　私たちの顔が自分だけのものであるときに、そんなことをする必要があるだろうか？　突然、ある問題の象徴的存在になること、破壊されたハイチの「顔」になることは、自己イメージの荒っぽい目覚め、彼らにとってのカルチャーショックだ。それでも、それはより大きな物語が語られることを可能にし、それは多くの点で、人びとの助けとなる。なぜならそれは、彼らの存在が完全に消し去られることに抗《あらが》うからだ。それは他の人びとに、私たちがここに存在していたことを——存在していることを——無理矢理思い出させる。

「醜いほうがよい、それでも私たちはここにいる《ビト・ヌ・レド・ヌ・ラ》」と、ハイチの諺《ことわざ》は主張する。

「写真は、復活と関係がある」とロラン・バルトは書いた。「われわれは写真に関して、聖ベロニカの布に染み込んだキリストの顔について、ビザンティンの人びとが言ったのと同じことを言えないだろうか？　それは、人の手によって作られたのではない。アケイロポイエートスだ、と」

私たちは、すべての情熱を込めた努力について、同じことを言えないだろうか？

「ぼくは、フォトジャーナリストになるつもりは全然なかった」と、ダニエル・モレルは一度ならず私に言った。「ぼくがフォトジャーナリストになったのは、ヌマとドロアンの処刑が怖くて、もう二度と恐怖を感じたくないと思ったからだ。ぼくは、だれもが、何ものをも、決して怖がらなくてもよくなるように、写真を撮っている。写真を撮っていると、何かが盾になってくれているように――カメラがぼくを守ってくれているように――感じられる」

少年だったあなたは、ヌマとドロアンを守りたかった？　と、私は訊く。

ぼくには、彼らを守れなかった、けれどもそれから何年間もぼくは、自分の写真で、他のヌマやドロアンたちをなんとか守ってこられたように感じている、と彼は言った。そして、この最後の会話の間に、私はさらに強く確信する。危険を冒して創作することは、また、恐れずに創作することだと。そうして、私たちを黙らせようとする公的な権力と私的な力の両方の恐怖を大胆に抱きしめ、そして、まるで亡霊を追いかけているか、亡霊に追いかけられているかのように感じられるときでさえ、勇敢に前進するのだ。

一九五五年の短編「ヨナ」の冒頭に、アルベール・カミュは題辞として「ヨナ書」から次の一節を引用する。

わたしを取って海に投げ入れなさい。
……わたしにはよくわかっています。
この激しい暴風があなたがたに臨んだのは、
わたしのせいです。

恐れずに創造すること。恐れずに生きることのように。大暴風があなたに臨もうと。恐れずに創作すること。水の向こう側《ロート・ボー・ドロ》まで投げられようと。恐れずに見て、見つめて、聴いて、読む人びとのために。恐れずに書くこと。なぜなら、私の友人ジュノ・ディアスが言ったように、「作家が作家たるゆえんは、たとえ希望がなくても、自分のしていることに希望の兆しさえ見えなくても、とにかく書き続けることだ」。これがおそらく、作家であることの意味でもあるのだろう。何ものも自分を止めることはできないし、決して自らやめることもないであろうかのように書くことが。全身全霊で、あるいは無謀にも、アケイロポイエートスを信じているかのように書くことが。

他の人びとの深い悲しみで満たされた場所で、自分自身の悲しみを悲しむことには、何かがある。私が最後にポルトープランスの国立墓地に行ったのは、二〇〇三年二月の、デニーズ伯母さんの埋葬のときだった。あのとき、他の機会にも何度もそうしたように、私はまた、マルセル・

ヌマとルイ・ドロアンの血が飛び散って付着したに違いないと考えている、セメントの壁の表面が剝がれている場所を見た。聞いた話によると、この壁は、マルセル・ヌマとルイ・ドロアンの処刑より二、三十年前、墓地の中央に立つ大きなトゲバンレイシの木の葉のなかから、女性の嘆願する声が聞こえてきたときに造られた。トゲバンレイシの木から聞こえてきたのは、墓地の守護霊バロン・サムディの妻グラン・ブライトの声だった。グラン・ブライトは、貧乏人に金を与える寛大さで知られていた。それで、そこにグラン・ブライトがいることがわかったというニュースが広がると、押し寄せた群衆が墓地を埋め尽くし、霊屋も墓も踏み荒らしてしまった。壁は、グラン・ブライトの信奉者たちを閉め出すために造られたものだ。

私は、死者たちの住むこの大きな村落を見回し、グラン・ブライトの木はどこに立っていたのだろう、と思った。そして、墓地の入口近くにある二階建ての古い建物を見つめ、このバルコニーに大勢の人が立って、マルセル・ヌマとルイ・ドロアンの処刑を見たのに違いないと考えた。この建物も壁も、それらがある場所も、私が考えたとおりのものではないかもしれない。私はこの物語を今、その不確かさ、信憑性の希薄さを抱えたまま、話している。

ここを背にして処刑が行なわれたに違いないと私が信じている壁には落書きがあった。アバ……、……をやっつけろ。ハイチで全国的に知られた名前ではなく、私も知らない人物だ。単語はみんな、同じ黒のスプレーペイントで書かれた筆記体で、今でもまだポルトープランスの至る所で見られる殴り書きのグラフィティであり、ハイチの首都はジャン＝ミシェル・バスキアでいつぱいなのかもしれないと思わせるような、巷《ちまた》の論評だ。私が最後に墓地に行ったときには、一九六四年十一月十二日にマルセル・ヌマとルイ・ドロアンにここで何が起こったのかを知らせる銘板は、どこにもなかった。

「死者を追悼するために、ポルトープランス中に銘板を置き始めたら」と、ある友人が、私がこのことを指摘したときに、言った。「それだけで、町がいっぱいになってしまうよ」

銘板の代わりに、ヌマとドロアンに関して私たちが持っているのはただ、ダニエル・モレルのなかにあるような個人的な記憶と、何度でも繰り返して見ることのできる、二人の最期の場面を映した数分間の白黒フィルムと、亡くなった彼らの姿をいつまでも留める、何枚かの写真だけだ。

ダニエル・モレルが最後に墓地に行ったときには、壁と同じくらいの高さにまでうずたかく積まれた、遺体の山があった。全員が、二〇一〇年一月十二日にハイチを襲った地震の犠牲者だ。マルセル・ヌマとルイ・ドロアンが処刑された場所は、あの日の午後、ポルトープランスで瞬時に、一緒に亡くなった二十万人以上の人びとの埋葬場所とするには、あまりにも小さすぎた。

ダニエル・モレルの写真は、地震の直後にハイチから送られた、死と破壊についての最初の報告のなかに含まれていた。彼はたまたま米国からポルトープランスを訪れていて、地震が発生したときには、町を歩いていた。彼が子どものころから記録しつづけていた、より「楽しい」都市と田舎の姿《イメージ》へは、もう戻る術《すべ》はなかった。彼の――私たちの――都市の全体が墓地となってしまったのだ。

第十二章
私たちのゲルニカ

ハイチ大地震、いとこの死

いとこのマクソーが死んだ。私が、ハイチに滞在中のわが家と呼んでいた家が、彼の上に崩れ落ちたのだ。

マクソーは、一九四八年十一月四日に、三日にわたる苦しい難産の末に生まれた。デニーズ伯母さんはよく言っていた。「まるまる三日かけて、私の目からあの子を押し出したような気がするよ」と。

伯母さんの右の眉の上には、長い傷痕《きずあと》があった。そのお産の最も苦しかったときに、自分の爪で皮膚を突き刺したのだ。彼女はその後、二度と子どもを産まなかった。

マクソーは、両親が自分の誕生日を祝ってくれないとよく不平を口にしていた。「私をからかってるの？」と私は、彼の母親の肩を持って答えるのだった。「いったい誰が、そんな苦しい体験を思い出したいというのよ？」

冗談はさておき、そのことはふつう考えられる程度をはるかに超えて、彼を苦しめていた。私たちが育ったベレアは、貧窮化し荒廃した地域で、風船やケーキのある誕生日パーティーを開いてもらえるような子どもなど、ほとんどいなかったにもかかわらず。

マクソーがかつて私に話してくれたところによると、十代のころ彼が好きだった作家は、ジャン・ジュネだった。彼は、『黒人たち』をくり返し読んだ。その戯曲のなかのすべての野性的《ワイルド》な言葉が好きで、読んでいて筋についていけなくなり、人びとがやっていることや言っていることがあまり理解できないでいると、突然、登場人物の一人ひとりが直接自分に向かって話しかけているように感じられるところが、気に入っていた。彼は、それはハイチのための完璧な戯曲だと──ハイチ人が書いたといってもまったくおかしくないような戯曲だと──考えていた。

マクソーの死を思うと、その戯曲のこんな台詞《せりふ》が私の脳裡をよぎる。「あなたの歌は、とても美しかった。そして、あなたが悲しんでくれたことは、私の名誉です。私は、新しい世界で生き始めます。もしも私がここに戻ってくることがあったら、あちらでの生活の様子を、あなたにお話ししましょう。偉大なる黒人の国よ、お別れです」

二〇一〇年一月十二日にマグニチュード七・〇の地震がハイチを襲ってから二日後、私はまだ弟たちに言っていた。そのうち、夜のテレビニュースを見ていたら、ニュースキャスターの後ろからマクソーが飛び出してきて、キャスターの仕事を取り上げてしまうわ、と。

マクソーはやり手だった。彼は自分の欲しいものを、お金でも親切な言葉でも、なんでも手に入れることができた。「ね、わかってるよね、ぼくはきみを愛している。きみを愛している。きみを愛している」と言うだけで。この手は、ニューヨークにいる私たち家族には、かなり効いた。彼がたまに訪ねてくるときにも、ハイチから電話でさまざまな企画への資金援助を頼んでくるときにも。叫び声と笑い声を混ぜ合わせて、彼は、資金援助依頼の一つひとつを、まるで金を出す者が自分自身に投資する話であるかのように話した。

私が最後にマクソーから連絡をもらったのは、地震の三日前だった。彼は、私のボイスメールにメッセージを残していた。マクソーは、一九九九年の夏に彼の息子のニックとジョセフ伯父さんと一緒に私も訪ねたことがある、レオガンの山中の小さな学校を建て直すための資金を調達しようとしていた。学校は、その数週間前に発生した泥流で破壊されていた。ありがたいことに、子どもたちは全員無事だった（マクソーも彼の父親も、それぞれが死ぬ前に最後の仕事の一つとして学校の運営を考えていたのは、興味深いことだ）。

彼の父親で、当時八十一歳のジョセフ伯父さんが、ギャングに命を狙われたあと、二〇〇四年にハイチを出たときには、マクソーが一緒だった。二人は一緒にマイアミに到着し、政治亡命を認められることを望んでいた。ところが、彼らは米国国土安全保障省によって勾留され、監禁中、二人は引き離されていた。マクソーがやっと父親に再会できたのは、不法入国者一時勾留所の医療スタッフの通訳をするためだった。この医務官は、伯父さんが口からも首に開いた気管切開手術の穴からも嘔吐しているときに、病気のふりをしていると伯父さんを責めた。次の日伯父さんは亡くなり、マクソーは勾留所から釈放された。その日は、マクソーの五十六歳の誕生日だった。父の死の苦痛が和《やわ》らぐと、彼は冗談を言った。「ぼくの両親は、ぼくが幸せな誕生日を祝うのを望んだことは一度もなかったね」

亡命の申請が却下されたあと、マクソーはハイチに戻った。彼は、下の五人の子どもが恋しかった。この子たちの何人かは、たびたび電話をかけてきて、いつ帰ってくるのかと彼に訊ねた。それに、父親の仕事も引き継いでやっておかねばならなかった。ハイチのいたるところに、監督し、面倒をみねばならない小さな学校や教会があった。帰郷は、しかし、厳しいものだった。電話での会話で、彼は、ポルトープランスの食料品の値段が高いことについて話した。「ぼくにさえ厳しいんだから、他の人たちにとってはどうか、考えてもごらんよ」と、彼は言うのだった。

米国で勾留された経験から彼は、ハイチの刑務所の環境の劣悪さと、囚人の権利が奪われていることに対して敏感になっていた。彼はしばしば電話で、食料品を買う金を送ってほしいと頼んできた。そしてその金を、国立重罪犯刑務所へ持っていった。（重罪犯刑務所は、二〇一〇年一月の地震のあとも崩れずに立っていた、数少ない政府の建物の一つだった。ただ、囚人は全員逃げ出してしまったのだが）。

ハイチ人特有の親切心と共同体の意識とともに、マクソーの物惜しみしない寛大さが、一月十二日に四階建ての家が彼の上に崩れ落ちた直後に、親族や友人や、あかの他人までもが彼とその妻と子どもたちを助け出そうと、瓦礫を掘り始めた理由だったのだろう。彼らは二日後に、マクソーの妻と一人――十歳のノジアル――を除く子ども全員を瓦礫のなかから救出した。ほとんど望みがなくなってからも彼らは、マクソーと、彼とともに死んだ人びとを見つけ出すために掘り続けた。マクソーと一緒だった人びととは、放課後に個別指導を受けていた子どもたち、その教師たち、そして子どもたちの学業について話し合うために立ち寄っていた数人の親たちだ。彼らが全部で何人だったのか、正確にはもうわからないだろう。

マクソーの遺体が見つかった日、ベレアからの電話は幾分か興奮気味だった。少なくとも、これで彼が永遠に瓦礫のなかにいることはない。少なくとも、彼が合同墓地に入ることはない。けれど、なぜか私は、そうなったとしても彼は別段気にしないだろうと思った。彼はこう言っただろう。誰もが儀式を奪われている、ぼくだってそうなっても仕方ないじゃないか、と。

マクソーの遺体が掘り出されたころには、携帯電話がまた繋がるようになっていて、絶望的な声が一気に押し寄せてきた。あるいとこは頭に深い切り傷を負い、今もまだ出血していた。もう一人のいとこは背中が砕け、X線写真を撮るために搬送されたが、野戦病院を三カ所回らされた。またもう一人は、家の外で寝ていて、喉の渇きに苦しんでいた。ある人の義理の親は、血圧の薬が手に入らなかった。大半の人は、もう何日も何も食べていなかった。友人や親類たちのなかには、住んでいる町全体が破壊されてしまった人びとがいたし、消息がわからない人びとも大勢いた。

だが、電話ではだれもが気味の悪いほど冷静だった。だれも叫んでいなかった。だれも泣いていなかった。だれも「何で私が？」とも「私たちは呪われている」とも言わなかった。余震がやまないあいだにも、彼らは言った。「また揺れてる」と。まるで、それがもう日常茶飯事になっているかのように。彼らは、ハイチの外に住んでいる家族のことを訊いた。老齢の親族のこと、赤ん坊のこと、私の一歳の娘のことを。

私は泣いて謝った。「そこに一緒に居られなくてごめんなさい」と。

身長が六フィート〔約百八十センチ〕近くある二十三歳のいとこは――美人コンテストの女王で、私たちは彼女をＮＣ（ナオミ・キャンベル）というあだ名で呼んでいた――空腹で、近くに死体があるけれどずっと林の中で寝ている、と話す。そのいとこが、私をなぐさめる。

「泣かないで」と、彼女は言う。「それが人生よ」

「違う、それが人生じゃない」と、私は答える。「そうであってはいけない」

「でも、そうなのよ」と、彼女は主張する。「それが人生だわ。そして人生は、命は、死と同じように、ほんの少しの間《ヨン・ティ・モマン》だけ続くの」

私はマクソー、ノジアル、ＮＣ、ジ叔母さん、それにその他の多くの人びとのことを考えていた。そんなときにメディアから電話があり、地震とその余波についての私の思いを聞かせてほしいと言ってきた。今は何も考えることができません、他の皆と同じように。私はそう答えたかった。そして、失ったものを数え上げ、一日一日のすべての瞬間に、まだ連絡のとれない人や、手を差し伸べることができなかった人を思い起こしたかった。でも、私的な思いを超え、共同体全体の代弁はしたくないという気持ちを振り払ってしまうと、私には、言わねばならないことがあった。私はコメントした。ハイチ人は、好んでこんなふうに表現します。ハイチは「滑りやすい《テ・グリ》土地《セ》」だと。たとえ最高の状況にあってさえもこの国では、今安定していたとしても次の瞬間には崩壊しているということがあり得るのです。先の地震のあと、ハイチはかつてないほど「滑りやすい土地」になりました。町には死体がごろごろ転がり、共同体がまるごと瓦礫に埋まり、家々はぺちゃんこに潰れて粉々になったのです。今や、ハイチ人の心もまた「滑りやすい土地」です。この瞬間に希望を抱いているかと思えば、次の瞬間には絶望でいっぱいになるのです。二百六年間続いてきたこの国は、ついにどん底に至ったのだろうかと、私たちは思います。今では、私たちが住んできたその土地さえもなくなってしまいました。

　私は続けた。私たちの、ハイチへの愛は変わっていない。むしろ、さらに深くなった、と。でも、ハイチは――あるいは残されたハイチは――変わってしまった。それは、物理的に変わってしまったのだ。地震の断層線が、その地表を徹底的に配列し直してしまったのだ。木々をはぎ取られ、石炭や建設資材を採掘するために掘られ、そのあとに不安定な家々が密集して建てられた山々が崩れ落ち、貧乏人からも金持ちからも家を奪ってしまった。

　これは自然災害だ、と私は説明した。けれども、同時にこれは長期にわたって進行していたものだ。その原因の一端は、商品とサービスの都市への集中化と、輸入を奨励する農業政策で、これが多くのハイチ人に、先祖代々住んでいた土地から離れて首都へ流入することをうながした。その結果、もともと二十万人の生活の場として設計されていたこの都市は、三百万の人口を抱えることになってしまったのだ。もしも熱帯暴風雨が、二〇〇四年にハリケーン・ジーンがゴナイヴ〔ハイチ北部の都市〕を水没させたように、一つの都市全体を水の底に沈めてしまえるのなら、もしも泥流が、人びとの暮らしている家や学校ごと一つの地域のすべてを押し流してしまえるのなら、ポルトープランスとその周縁の地域は、マグニチュード七・〇の地震を相手にどれほどの勝ち目があるというのだろう？　何千もの人びとが、そそくさと形ばかりの埋葬をされるか、何マイルも続く瓦礫のなかに留まっているという状況で、ハイチはしかしただ「滑りやすい土地」というだけではなく、聖なる土地でもある。

　私は、ラジオやテレビに出演するときや比較的短い記事を書くときはいつでも、そのようなことを言うように努めた。こうしたメディアへの出演は、私にとっての治癒効果があった。そして、死別の悲しみの合唱にもう一つの声を加える助けになり、私たちの多くが感じていたこと、つまり、深く麻痺させるような喪失感を説明する助けにもなっていてほしいと願った。

　たぶんそれが、移民としての、作家としての私の意義だったのだろう——反響の場となって、破壊された土地を遠く離れて暮らす人びとと、その現地に暮らす人びとの両方の声を集め、そして再生することが。

「カナル・ストリートの南の灰のなかに詩はない」と、詩人スヘア・ハマドは書いた。

ハイチの廃墟のなかに、詩はあるのだろうか？

書こうとすることさえ、まだあまりに早すぎると、私は自分をいましめた。あなたはそこにいなかった。それを自分のこととして体験しなかった。あなたには、話す権利さえない——あなた自身のためにも、彼らのためにも、だれのためにも。それで私は、自分の言葉が自分を失望させるときに、いつもやることをした。私は読んだ。私は、何百もの一人称の物語——公式の発表や、個人のブログ——を読んだ。最も胸の張り裂けるような思いをさせられたもののひとつは、ジャン・ドミニクの娘の一人、ジャン・J・ドミニクの妹の、ドロレス・ドミニク・ネプチューンによって書かれたものだった。

「母親のドロレス・ドミニク・ネプチューンによって書かれた、ジャン・オリヴィエ・ネプチューンの死についての物語です」と、それを私に転送してくれた人は書いていた。

「私の息子はどこ？　家が潰れた。あの子は部屋にいる。ベッドの上に」と、ドロレス・ドミニク・ネプチューンは書いた。「私はあの子の名前を呼ぶ。私は神に訴えて、彼と交渉する。私は隣人を呼ぶ。どの隣人？　彼らの家も全部潰れたのだから、だれも来ないだろう」

後になって、文字通り瓦礫のなかから現われ出てきた多くの隣人や友人たちの懸命の努力の末に、彼女は息子を見つけることができた。

「何という天使だろう！」と、彼女は書いた。「ベッドに横たわっている彼の左手は、お腹の上に置かれている。私の息子は死んでいる！」

その数日後私は、友人の小説家エヴリン・トルイヨの書いたものを読んだ。彼女は、二〇一〇年一月二十日の「ニューヨーク・タイムズ」紙に、ポルトープランスから寄稿して意見を述べていた。「家族で、弟の家にキャンプを張った。私は隣りに住んでいたのだが、全員が同じ家にいるのはいい気分だ。小説家の弟は、自分の論説を書いている。私は私で、自分のものを書いている」

彼女の弟の小説家、リオネル・トルイヨは、フランスの「ル・ポワン」紙のウェブサイトに、地震後の生活についてのレポートを日々アップしていたので、私はそれを読んだ。

「昨夜」と、彼は第五日目に書いた。「ぼくは、ヴードゥーの祭儀の太鼓の音を聞いた。彼らが神々を讃えているのか呪っているのか、行って確かめるだけの元気はぼくにはなかった。でも、なんとかぼくはそちらに向かって歩きだしたのだが、途中で、月明かりでドミノをして遊んでいるグループに出くわした。ぼくは、彼らが言い交わしている冗談に耳を傾けた。彼らの冗談は、生きている人びと、死んだ人びと、両方をネタにしていた。……ぼくにはわかっている。一日の終わりに、暗闇の中にいることを忘れて、かつ、夜明けを呪わずにいるためには、ぼくも彼らのように笑う必要があるのだと」

地震以前のハイチ、地震以後のハイチ

私もまた、笑う必要があった。だから私は、友人のダニー・ラフェリエールの書いたものをまた読み始めた。ダニーは、私の知っているなかでも最も可笑《おか》しい人物のひとりで、彼のユーモアの感覚は、しばしばその作品の中にも沁み込んでいる。ダニーは、リオネル、エヴリン・トルイヨとともに、「驚くべき旅人たち《エトナン・ヴォワイヤジュール》」と銘打った文芸イベントの作家のオーガナイザーの一人だった。このイベントは二〇一〇年一月十四日に始まることになっていた。一歳の娘の体の具合が悪かったために、私はやむなくこのイベントへの招待を断っていた。私がしばしば家族同伴でハイチへ行き、旅程の始めか終わりの数日、こうしたイベントに参加していることを考えると、私たちがエトナン・ヴォワイヤジュールへの参加に同意し、ハイチの外に住む他の四十人の作家とともに、地震の犠牲者か生存者に名を連ねていたとしても、不思議ではない。

ダニー・ラフェリエールは、地震の生存者にその名を連ねた一人だった。数日後、彼は居住するカナダへ戻り、そこで、自分が見てきたものを語った。ハイチの人びとの勇気と威厳を。彼らが、初めのうちは外部からの助けがない中で、手持ちのわずかな食べ物と水を分けあいながら、瓦礫の下から友人や家族を素手で救出したことを。

ダニーは、一部のカナダ人ジャーナリストたちに、地震後にハイチを出たことを非難された。

ダニーは、友人らとともに留まるべきだった、と彼らは言った。私は、もしも彼が医者だったら、残ったただろうと確信している。しかし、あのときの彼の務めは、伝えることだった。そして、彼はその務めを立派に果たした。ラジオやテレビに出演し、短いエッセイを書き、死別の悲しみと人を立ちすくませてしまう喪失感のコーラスに、新たな声をつけ加えることで。その喪失感は、実は、彼の二〇〇九年の小説『帰還の謎《レニグム・デュ・ルトゥール》』の中に反響している。

地震の一年前にパリとカナダで出版されたこの小説は、父親の死後、ハイチへ戻るハイチ系カナダ人作家の足跡を追う。『帰還の謎』は、私が地震後最初に読んだ小説だった。私はこれを、数時間で貪《むさぼ》るように読み切ってしまった。ダニーの他の多くの作品と違い、これは可笑しい本ではなかった。私は笑わなかった。私は泣いた。この小説は愛の詩、もはや存在しないハイチへの愛の歌だ。地震以前のハイチへの。このハイチを、私はもうすでに理想化し始めている。最大の苦難の時代であったとしても、家も、教会も、学校も、本屋も、図書館も、美術館も、博物館も、映画館も、政府の建物も、みんなまだちゃんと建っていたハイチだ。

「たしかなことは」と、作家である語り手は書く。「向こうに留まっていたら、自分はこんなふうには物を書かなかっただろうということだ。／たぶん、まったく書かなかっただろう。／人は自分の国の外で、自分をなぐさめるために書くものなのだろうか」

突然、ごく最近のハイチへの帰還についてのこの瞠目すべき年代記小説が、歴史小説であるかのように思われる。そして、その理由に思いあたる。これから先はずっと、地震以前のハイチと地震以後のハイチがあるのだ。そして、地震後のこれからは、私たちの読み方も書き方も、ハイチ国内でも国外でも、もう決して以前と同じではないだろうと。

もう一度、あえて全体を代弁して発言させてもらうことにして、私は思い切って言おう。おそらく私たちは、以前と同じ（あるいはそれ以上の）、熱意と集中力をもって書くだろうと。おそらく私たちは、以前と同じく、何ものをも恐れない大胆さと希望の感覚をもって書くだろう。おそらく私たちは、可能な限り危険を冒して書き続けるだろう。だが、私たちの詩神は、取り返しのつかないほど変えられてしまった。わが同胞は、ハイチの内側にいる者も外側にいる者も、変わってしまった。私にはまだ十分正確にはどういうふうにと説明できないが、私たち芸術家もまた、変わってしまった。

地震の二十三日後に実現した私のハイチへの旅は、あまりにも短かった。ある友人が、臨時増発便に土壇場でキャンセル席を見つけてくれた。別の友人は、マイアミで私の夫が二人の幼い娘の面倒をみるのを手伝うと申し出てくれた。

私は、ポルトープランスの、壁に亀裂が入り、窓ガラスが割れている空港に到着する。滑走路の周りのフィールドは、米軍のヘリコプターと飛行機でいっぱいだ。三人のハイチ人税関吏が配置されているカードテーブルを過ぎたところでは、若い米兵のグループが、マシンガンのようなものを腕に抱いて、ぶらついている。ハイチ政府と米国政府の間の申し合わせで、米軍が、救援活動全体のリーダーとして、トゥサン・ルベルチュール空港を占拠しているのだ。

　空港の外で、友人で画家のジョン・チャールズと、トントン・ジャンと呼ばれてる私の夫の叔父が、私を待っている。トントン・ジャンは、小柄な人だけれど、今ではどこに行くにも、落ちてくる瓦礫から身を守るために、黒いバイク用ヘルメットをかぶっていて、なかなか魅力的にみえる。ジョンとトントン・ジャンは、アメリカ軍が税関国境保護作戦本部を設営した場所の近くにある、バリケードの後ろに立っている。

　彼らはいったい、誰の国境を護っているのだろう、と私は訝《いぶか》る。答えはすぐに出る。ハイチのパスポートを持っている人は、空港に入ることを許されていないからだ。

　マクソーの長男のニックは、今はカナダに住んでいるのだが、彼もまたハイチにやって来ている。彼は、弔意を表すため、そして弟妹たちにできることをするために、私より数日前に来ていたのだ。彼の弟妹たちは、ベレアの実家の瓦礫の下から救出されたのだが、怪我をしている者もいる。私がポルトープランスに着いたとき、ニックは総合病院にいて、二人の弟妹に救急処置後の継続治療を受けさせている。

　弟の一人である十三歳のマクシムは、すでに壊疽《えそ》で爪先をなくしている。また、ニックは告げられている。八歳の妹モニカは、片方の足を切断する必要があるかもしれないが、ポルトープランス一の病院の庭に設営されているテントクリニックで診察しているアメリカ人医師たちが、彼女の足を救ってくれる可能性もある、と。そうなれば彼女は、ポルトープランス中で見かける、彼切断された手足を覆うシャツやブラウスの袖やズボンの足の部分を丁寧に折りたたんで大きな安全ピンで留め、松葉杖をつき、足を引きずって歩いている人びとよりも、ずっと幸運だ。

私は、ニックと子どもたちに会うために病院へ向かう途中で、自分が昔住んでいた付近の被害をはじめて目にした。二つに一つの建物が、全壊か半壊しているようだ。子どものころ私が通った学校は、もうない。金曜日ごとに全生徒が、ミサに出るために連れていかれた国立大聖堂は、崩壊している。私が学校の勉強についていけなかったときに個人授業をしてくれた若い先生の家は、家族のほぼ全員が中にいるままで潰れている。ハイチの男子が何世代にもわたって教育を受けてきたリセ・ペティオンは、なくなっている。何千人ものハイチの芸術家たちを育ててきたアート・センターは、かろうじて立っている。サント・トリニテ教会は、有名なハイチ人画家たちがイエスの生涯を表わす一連のすばらしい壁画を描いた教会だが、崩れ落ちて、残されたのはずたずたに切り裂かれた壁の一部だけで、そこでは傷ついたキリストが大空に向かい昇っていくように見える。ポルトープランスの繁華街の大通りグラン・ルは、まるで何日間か連続して爆撃されたかのように見える。その真ん中に立っていると、私は、以前に見た、破壊された広島の映画を思い出す。豪華な白い丸屋根は倒れたのか潰れたのか、大統領府は、ハイチ政府が受けた人的／物質的な被害の、最大のシンボルだ。大統領府の周りには、巨大なテント都市が出現した。急ごしらえの一時しのぎのテント、一般的なテント、首都の至る所に見られる、他の何十もの避難民キャンプにあるのとまったく同じ、半永久的に建ち続けるかのようなトタン製の建物がごたまぜになってひしめいている。彫像と記念碑。奴隷制からのハイチ解放のシンボルである、無名のマルーンの、トゥサン・ルベルチュールの、アンリ・クリストフの、ジャン＝ジャック・デサリーヌの、そしてずっと最近、ジャン＝ベルトラン・アリスティド大統領が二〇〇四年のハイチ建国二百年祭のために依頼した、大きな地球のような球形の彫刻。大統領府の周りにある、これらの記念碑やシンボルは、まだ建っている。けれども、それらの台座はいま、人びとが日光浴をしたり、子どもたちが遊んだりするときに登る台となっている。

総合病院の近くの看護・助産学校の外には、瓦礫の中から引き出されたばかりの遺骸の山がある。密集して飛ぶハエの輪が、それらを取り囲んでいる。遺骸はくっついて、二つの大きな球のような形になっている。私は疑問を口にする。この看護・助産学校の学生たちはみんな、天井が彼女たちの上に崩れ落ちてきたときに、互いに抱き合っていたのだろうか。腕と脚を交差させ、絡み合わせて。友人のジョン・チャールズが私の誤りを正す。

「ここにあるのはみんな、身体の一部だ。脚や腕が瓦礫から引っ張り出されて、道端に捨て置かれた。そこで乾燥して、くっついて一つになったんだ」。いくつかの、肉のなくなった脚には黄色い布が貼りついている。スカートだ、と私は気付く。大勢が同じものを穿いていたに違いない。

遺骸の置かれている道路の反対側では、人びとが並んで、ある光景を見ている。一人の女性が群集に、悔い改めよと叫んで訴えているのだ。「キリストの名を呼びなさい！　あたしたちに残されているのは、もう彼だけよ」

「おれたちには価値なんてない」と、別の男が、布きれを鼻に当てながら言う。「これを見ろ、おれたちはゼロだ」

ジョンは三十五歳で、普段は快活でよく笑う男性だ。子どものころから、画家である父親の残りの材料を使って、絵を描いてきた。長じて、ハイチの国立芸術学校に入り、卒業後は中学校で絵を教えながら描き続けている。今はまだキャリアの出だしのところにいるけれど、もうすでにポルトープランス、ニューヨーク、マイアミ、カラカス、ベネズエラでの展覧会に出品してきた。ジョンは、カルフールで育った。そこには、トントン・ジャンも住んでいる。地震の震源地は、カルフールの近くだった。地震の一週間後になっても、まだ夫と私はジョンとトントン・ジャンの居場所を突き止めようと努力していた。彼らの携帯電話は繋がらず、おまけに、二人とも非常に忙しくしていた。トントン・ジャンは人びとを瓦礫の中から引き出すのに追われていたし、ジョンは自宅近くのテント村で、心的外傷を受けた子どもたちに絵を描かせていた。

総合病院のテント・クリニックで、私はマクソーの息子マキシムを見つける。彼は、妹のモニカが抗生物質の点滴を受けている場所の、近くのベンチで眠っている。モニカの周りは軍隊用の簡易ベッドだらけで、その上に、負傷した大人や子どもがさまざまな恰好で横たわっている。大人たちはたいていうつろな目をしているが、子どもたちは好奇心いっぱいであたりを見回し、新しく入ってくる者があれば、じろじろ見つめる。私は、このテントや、ここと同じような他のテントでの、地震直後の数日間の様子を想像してみる。トントン・ジャンが話してくれたところでは、カルフールの彼の家から通りを隔てた向かい側にある小さなクリニックにやってきたのは、地震で鼻や耳を、あるいは手や脚を失った人たちだったそうだ。

　テント・クリニックで、私はモニカにこんにちはと声をかける。彼女は私を見上げて目をぱちぱちさせるけれど、それ以外の反応はない。目はかすみ、まだショックから抜け出せていないように見える。自分の家と近所の家々が、自分の住む都市が、崩壊するのを見、それから父親が死ぬのを見、そして自分自身もあやうく死にそうな目に遭う。こうしたすべてを十歳になる前に経験するというのは、どんな子どもにも克服不可能なトラウマのように思える。

　この悲劇に遭う前でさえ、モニカは内気な少女だった。ハイチ訪問の間に彼女に会っても、いつも、今何と言えばいいのかだれかが教えてくれたときにしか、私に話しかけなかった。電話で話すときも同じだった。このテント・クリニックで、私は、彼女の頭の真ん中にキスをする。そこは、セメント片が当たって頭皮が裂けたところで、包帯を巻くために髪の毛がでこぼこのラインに剃られている。

　私がテント・クリニックを後にするころ、モニカを診ているブロンドの若いアメリカ人医師がやってきて、彼女に笑顔マークのステッカーを与えた。

「この子は、私の勇敢な小さい戦士よ」と、医師は言う。

　私は、彼女に英語で礼を述べる。

「英語がとても上手ね」と、彼女は言って、隣りの簡易ベッドの、ひどい脱水症状を起こしている赤ん坊のところへ移動する。

家族を訪ねる私の旅の次の目的地はデルマで、ジ叔母さんに会うためだ。交通量の多い道の先にある丘の上に建っている叔母さんの家は、倒壊は免れたけれども、ひび割れがひどくてとても住める状態ではない。そのため彼女は、近くの広い野原にできた大きなテント村で暮している。私たちは地震のあとしばしば電話で話をしたが、彼女の最大の心配は、テント暮らしで雨に遭うことだった。私は彼女に、他の親族が住んでいるラ・プレンに行ってくれるようにと懇願した。けれど彼女は、被害を受けた家を離れたがらなかった。自分がいない間に、泥棒に入られてめちゃくちゃにされるか、勝手に取り壊されるかもしれないと恐れていたのだ。

私がジ叔母さんの家に着くと、NCも含めて、ラ・プレンから来た家族が何人かそこにいる。私たちは、恐くて中には入れないので、家の前の歩道に集まる。歩道沿いには、テントと、間に合わせに作ったシャワーが並んでいる。ハイチの人びとの生活の、これほど多くが、現在では屋外で行なわれていることを知って私は驚く。目の前で、きわめて親密なやりとりがごく普通に展開しているのだ。車のボンネットの上で、女の子がボーイフレンドの脚の間に座っていたり、女性が年老いた母親に、ボウルとバケツを使って沐浴させていたりする。こういった光景を、今までに見たことがないわけではないけれど、でも、今ではそれが、どの通りでも、完全に壊れたかほとんど壊れかけている何十という家々の前で、いろいろな形で再現されているのだ。

私は、NCと、ジ叔母さんと、六人の他のいとこと、彼女らの四人の子どもを抱きしめる。彼女たちは私に、他の親戚のことを教えてくれる。背骨を折ったいとこは、国外へ搬送されるかもしれない。ラ・プレンの他の親戚は、まだ家の外で寝泊りしているけれど、ポルトープランスの知人を通して飲み水は手に入れた。私たち家族が出し合って、食料品を買うようにと電信為替で送った金は、みんなに届いた。こうしたやりとりのすべてを通して、私たちは互いの安否を知り、再会して抱きしめ合う。そして私は、頼まれたテントや防水シートを手渡しながら、トントン・ジャンが友人に出会うたびに言っていた言葉を、自分でもくり返し始める。

「あなたがここにいてくれて嬉しいわ。これ《バガイ・ラ》があなたを生かしておいてくれて、こうしてあなたに会えるのが嬉しいわ」

バガイ・ラ、いろんな人がいろんなこと／ものを指して言う「これ」。その瞬間、正式な名称のない「これ」。音楽家でホテル経営者の友人リチャード・モルスがツイッターで〝サムソン〟と呼び、トントン・ジャンがときおり〝チ・ロロ〟と呼び、ジョンが〝チ・ラスタ〟と呼び、ラジオ番組に電話で参加している複数の人たちが〝グードゥーグードゥー〟と呼んでいる「これ」

「グードゥーグードゥーがあなたを生かしておいてくれて、こうしてあなたに会えるのが嬉しいわ」と、私は言う。

彼らは、声をあげて笑う。その笑いが私を、この瞬間にふさわしい以上の希望で満たす。だって、私がここに来た目的は、まさにこれなのだから。私は彼ら――生きている人たち――を、抱きしめるために来た。そして、死者に敬意を表するために来た。

彼らは私に、自分の打撲の痕や擦り傷を見せる。私は彼らを、より強く抱きしめる。自分の体が痛くなるほど。私は、米国で待っている家族のために写真を撮る。写真のなかの彼らが、とても元気そうで、申し分のない服を着て美しく健康そうなので、みんなきっと心底びっくりするだろう。私はこの人たちをこのうえなく愛する。本当に彼らを誇りに思う。それでも、私は自問する。こんな生活――戸外でただ待っているだけの生活――に、彼らがこの先どのくらいの期間耐えられるだろうかと。

彼らのうちの二人は、カナダと米国への観光ビザを持っているけれども、ここに留まっている。他の人びとを、そのほとんどは子どもなのに、残してはいけないからだ。NCは、ビザを持っていない。彼女は、修学ビザを取得して、海外で経理の勉強を続けたいと思っている。彼女は私に、マニラ紙製の封筒を手渡す。中には、書類がぎっしり詰まっている。出生証明書、成績表、学校関係の証明書など。彼女がそれを私に渡すのは、保管しておいてほしいということだけれど、自分が国外に出るために、何らかの手助けをしてほしいということでもある。

NCは、ハイチに住む私の家族の多くと同じように、人を苦境から救い出すことについての私の力を、常に過大評価してきた。その瞬間私は、彼女の評価が本当であってほしいと願う。助けてあげることができればと願う。私はこれまで、何度かはうまく助けることができた。けれど、たいていはできなかった。その最たる例は、私の高齢の伯父が米国に入国しようとして死んだことだ。私は、伯父さんを助けられなかった。

再び、ハイチからの旅立ち

私は、母方のいとこたちの何人かがまだ住んでいるレオガンの町の近くにいたくて、カルフールで宿泊する。レオガンでは、建物の九十パーセント近くが地震で倒壊した。知り合いの若い夫婦が営んでいた小さな薬局もそのなかに含まれていて、建物が崩れたときに、二人ともその下敷きになって亡くなった。ある朝、レオガンの町を車で走っていて、ジョンと私は、急ごしらえの避難民キャンプの入口に立てられた、食料の支援を嘆願するボール紙製の看板を通り過ぎたところで、はっとするような絵の描かれた白い大きなテントを見つける。驚くほど美しいチョコレート色の天使が、藍色の空を見上げて、泥だらけの死体の山の上空に浮かんでいる絵だ。

ジョンは、もっとよく見ようとして車から飛び降りる。

目に涙を浮かべて、彼はささやく。「スペイン市民戦争のあとの、ピカソのゲルニカのようだ。ぼくたちも、ぼくたちのゲルニカを持つのだ」

「何千というゲルニカをね」と、私は同意する。

私が子どものころ夏休みの幾日かを過ごした母方の祖母の家は、奇跡的にまだ建っている。それは、何年か前に建て替えられて、私が大好きだった木の壁とブリキの屋根は、セメントのブロックになっていた。私のいとこのエリと、彼の妻が最近買った、数フィート離れたところにある家も同じだった。

地震のあと、彼らはすでに、私の母の家族にちなんで、シテ・ナポレオンと呼ばれている地域にある広い野原の真ん中に、木の壁とブリキの屋根と狭いポーチを持つ、二部屋の小さな家を建てていた。エリの新しい家は、私が大好きだった祖母の昔の家に似ている。


それからしばらくして、ハイチを発つ前に私が最後に訪れたのは、ベレアの、マクソーとその妻と子どもたちが住んでいた場所だ。伯父さんの傑作の教会がある。四十年ほど前に建てられ、セメント壁と三角形の金属屋根でできていた。教会の下には、一種の地下室のように、別の通りに面して建てられた小さな学校の教室がいくつかあった。教会の裏手には二階建ての住宅があり、そこにマクソーと家族が住んでいた。長年の間にマクソーはこれにさらに二階を建て増し、敷地内に小さな賃貸アパートをいくつか建てていた。これらのすべてが地震で倒壊し、マクソーが、通りに停めた車から、妻と子どもたちが見つかった住居へと走っていたときに、彼と他の人びとの上に崩れてきたのだ。

マクソーの息子のノジアルがどこにいたのか、だれも確かには知らないけれど、きっと瓦礫をいちばん掘りにくいところ、四階の建物全部が落ちて積み重なったところで遊んでいたのだろうと思われている。建物が倒壊したとき、マクソーは走っていたので、どこかに飛び込んだか這い込んだかして、そのために彼の遺体は比較的簡単に見つけられたのだろう。他の人たちの上には瓦礫が積み重なって、その遺体を見つけ出すのは不可能だった。

　教会に入って、そこがほとんど被害を被っていないように見えることに、私は驚嘆する。この周囲で実に多くの建物が崩れ落ちたことを考えると、教会の入口が何かとても大きな計画の一部であるような気さえする。ポルトープランスのテュルジョー地区で倒壊したサクレクール教会の瓦礫の中に立つ、二十フィート〔約六メートル〕の十字架のように。

　教会は開いていて、私が中に入ると、男の人たちが通路にかたまって話し込んでいる。そのうちの一人が、急ごしらえのマクソーの墓に私を案内しようと申し出てくれる。

　私は、ひび割れたセメントの階段を下りていく。崩れ落ちた地下室の壁越しに、左右に一つずつ家の基礎部分が見える。ふと、地震がすべてを崩壊させたなかで、一つだけ残った洞穴《ほらあな》に自分がいるような気がする。壁の割れ目をとおして、瓦礫の底の部分が見える。

　突然、ここにいては危険だという思いに身がすくむ。それで素早く、自分でもいけないと思うほど素早く、私は自分の手にキスをして、かがみ込み、マクソーが埋葬されているセメントの盛り上がりに手を触れる。

　マクソーの埋葬を取りしきった母方のいとこのエスターが、セメントに彼の名前と生年月日と彼の命日を――実に多くの人びとの命日でもある日づけを――刻んでいた。

「私たちは彼をそこに埋めて、私が墓碑銘を刻んだの」と、彼女は電話で私に話していた。「水《ロー》の向こう側《ト・ボードロ》からあなたたちのだれがいつ来ても、彼のお墓を見られて、触れることもできるようにね」

私は手を伸ばして、もう一度墓石に触れる。私はもっと祈りを唱え、もっと語りかけるべきだと思うけれど、正直に言って怖い。私の周りでは、砕けた基礎の上に大きく重い教会が載っている。もう一度余震がくれば、私は潰されるかもしれない。

「さようなら、マクソー」とだけ、私は言う。「さようなら、ノジアル」

教会の下から、太陽の光の中へ戻りながら、私は、だれかが瓦礫の中から救出されるのをテレビで見るたびに、自分が考えていたことを思い出す。ああ、これは膣から赤子を引き出す出産のようだと。救助隊が、助産婦のように、頭をそっと押し、それから肩を、それから腕を、そして脚を、押し広げた大地の中から少しずつ引き出していく。

マクソーとノジアルは、再び生まれることはなかった。

トゥサン・ルベルチュール空港で、帰りの飛行機の搭乗口まで行くために、私は自分のアメリカのパスポートを見せなければならない。空港入口の米国税関国境保護局の最初の役人は、パスポートの写真を見ながら、私にメガネを外すように言う。彼はパスポートを日光にしばらくかざして、それが偽造ではないことを確かめる。私は恥かしく、少し屈辱に感じる。でも、この程度のものならば、私の家族や他のとても多くの人びとが経験していることに比べれば、まだましなのだろうと思う。二番目と三番目の米国税関国境保護局の役人はハイチ系アメリカ人で、私にクレオール語で話しかける。彼らは私に、よい「帰国」の旅を祈ってくれる。

飛行機の中で私は、客室乗務員が、ハイチでのボランティアの救助活動から米国へ帰る医師と看護師たちに、感謝を述べているのを静かに聞く。

「みなさんは、きっと熱いシャワーと暖かいベッドとアメリカの冷たい氷を楽しみにしていらっしゃるでしょう」と、彼女は言う。

医師も、他の人たちも、同意して手を叩き、口笛を鳴らす。

「そこで」と、彼女は言う。「私はみなさんに、そのうちのひとつを差し上げます。アメリカの氷です」

仕上げに、彼女は加える。「アメリカに神の祝福あれ《ゴッド・ブレス・アメリカ》」

すでに打ちのめされたハイチを擁護したい気持ちに駆られて、私は思わず叫ぶ。「ハイチにも神の祝福あれ」と。すると、数人の乗客がじろじろ私を見る。

後ろの席の男性が、私の肩をとんとんと叩いて言う。「そうだ。アメリカとハイチに神の祝福あれ」

離陸するときに、私は港を見下ろす。そこでは、米軍のヘリコプターが、トゥサン・ルベルチュール空港とポルトープランス港近くに停泊している米海軍の医療船コンフォート号との間を飛んでいる。ずっと沖のほうには、米国沿岸警備隊の船が何隻かいる。彼らの第一の目的は、ボートで米国に向かおうとするハイチ人がいれば、それを阻《はば》むことだ。

私は、『黒人たち』を一冊持っている。教会の下のマクソーの墓に捧げてくるつもりだったのに、急いでいたのと怖かったのとで、置いてくるのを忘れて、持ち帰ってきてしまったのだ。沿岸警備隊の船から目を離し、この本を開いて読み始める。マクソーの死の知らせを聞いたすぐあとに、直接私に話しかけてきたページを開いた。「あなたの歌は、とても美しかった。そして、あなたが悲しんでくれたことは、私の名誉です。私は、新しい世界で生き始めます。もしも私がここに戻ってくることがあったら、あちらでの生活の様子を、あなたにお話ししましょう。偉大なる黒人の国よ、お別れです」

偉大なる黒人の国よ、私もまた汝《なんじ》に別れを告げよう、と私は考える。

少なくとも、しばらくは。

訳者あとがき

本書はエドウィージ・ダンティカ著*Create Dangerously: the immigrant artist at work*の全訳である。訳者にとって作品社より出版するダンティカ作品の三作目の翻訳書となる。前二作（『愛するものたちへ、別れのとき』、『骨狩りのとき』）と同様、本作品もまた、最初の読書で深く心を揺さぶられ、翻訳したいという強い思いをずっと持ち続けてきた。このたびこうして、翻訳出版という形でダンティカの世界をまた新たに日本の読者のみなさまに届ける機会を得られて、作品社には心より感謝している。

エドウィージ・ダンティカについて

ダンティカの略伝は、前二作のあとがきに詳しいので、そちらを読んでいただきたいが、ごく簡単に紹介すると、彼女は西半球の最貧国といわれているハイチに生まれ、十二歳のときに、先に生計の資を求めてアメリカに移住していた両親とともに暮らすために、四歳のときから育ててくれた伯父・伯母に別れを告げ、アメリカ合衆国に渡った。それまでハイチクレオール語で生活していたダンティカにとって、英語は外国語であった。

十二歳から英語を学び始めたダンティカであったが、創作を志し、一九九四年、二十五歳のときに出版した処女作『息吹、まなざし、記憶』(*Breath, Eyes, Memory*)は、本書にも述べられているように、オプラブッククラブ選書となって、著者自身の想像をはるかに超える数の読者を得た。一九九六年の短編集『クリック? クラック!』(*Krik? Krak!*)は全米図書賞《ナショナル・ブック・アワード》の最終候補となり、一九九八年の『骨狩りのとき』(*The Farming of Bones*)は米国図書賞《アメリカン・ブック・アワード》を受賞した。さらに、二〇〇四年の、短編集の形をとった小説『露を壊す者』(*The Dew Breaker*)は物語賞《ストーリー・プライズ》を、二〇〇七年の『愛するものたちへ、別れのとき』(*Brother, I'm Dying*)は全米批評家協会賞《ナショナル・ブッククリティックスサークル・アワード》を受賞した。このほかにも、発表する作品は数々の賞を受賞している。ダンティカは今や米国を代表する作家の一人であり、本書もカリブ文学OCMボーカス賞《ボーカス・プライズ・フォー・カリビアン・リテラチュア》(OCMはOne Caribbean Media)を受賞するなど、高い評価を得ている。彼女は現在、夫君フェドと二人の娘(八歳のミラと四歳のレイラ)とともにマイアミに住んでいる。

本書の原題は直訳すると「危険を冒して創作せよ」である。ハイチのディアスポラで、アメリカに住んで執筆する移民作家として、自らの立ち位置を確認し、創作することの意味と意義を問い続けるダンティカの思索を集めたものである。彼女は言う。「危険を冒して創作する、危険を冒して読む人びとのために。これが、作家であることの意味だと私が常々思ってきたことだ。自分の言葉がたとえどんなに取るに足らないものに思えても、いつか、どこかで、だれかが命を賭けて読んでくれるかもしれないと頭のどこかで信じて、書くこと。私の祖国と私の歴史——私は人生の最初の十二年をパパ・ドックとその息子ジャン゠クロードの独裁の下で生きた——から、私はこれを、すべての作家たちを一つに結びつける行動原理だとずっと考えてきた。……もし今でなくとも何年も先の、これからもまだ夢見なければならぬであろう未来に、どこかでだれかが命の危険を冒して私たちの作品を読むかもしれない。たとえ今でなくとも、何年も先の将来に、私たちはどこかでまただれかの命を救うかもしれない。なぜなら、彼らが私たちに、私たちを彼らの文化の名誉市民とするパスポートを与えてくれているから」。

ダンティカは、いつか危険を冒して自分の作品を読んでくれるかもしれない読者のために、命がけで書く。ダンティカの作品世界に生きるのはハイチの人びとであり、彼女の愛はつねに、苛酷な運命を背負ってきた故国ハイチとハイチの人びとに注がれる。そしてそれが、人種や国籍の壁を越えて読者の心を打つのは、その愛が広く深い普遍性をもって読者の心に共鳴の波動を引き起こすからである。

そのように、ハイチという国についてほとんど何も知らない読者であっても、ダンティカの作品から深い感動を受け取ることができる。他の国々の優れた作家たちの作品についてもそうであるように。しかしここで、本書を読む読者のよりよい理解の一助となるよう、ハイチの歴史の肝要な部分に触れておきたい。

ハイチ共和国について

以下のハイチ史は、浜忠雄氏の著作から訳者が学んだことの概略である。訳者の理解に間違いのないことを祈るとともに、貴重な著書と論文から、学びの機会を与えてくださった浜氏に心より感謝している。

カリブ海に浮かぶイスパニョラ島は、一四九二年のコロンブス到着後にスペイン領となったが、その西側三分の一は一六九七年にフランスへ割譲され、サン＝ドマングとなった。フランスは、スペイン人によって十六世紀中葉までに絶滅させられた先住民に代わる労働力として、アフリカから大量の黒人を強制連行し、奴隷としてプランテーションに配し、もともと当地にはなかったサトウキビやコーヒーなどの栽培に従事させた。ここからヨーロッパに向けて輸出された砂糖とコーヒーはフランスに莫大な利益をもたらし、サン＝ドマングは「カリブ海の真珠」と呼ばれた。

歴史上未曾有の大陸間移動となった大西洋黒人奴隷貿易は、いわゆる大西洋三角貿易の一辺を成すもので、十五世紀中葉から十九世紀後半までの四世紀間にわたって行なわれた。「商品」としてカリブ海域を中心に南北両アメリカに連行されたアフリカ人の総数は、千二百万ないし千三百万人とされる。また大西洋の海底には「中間航路」で犠牲となった、優に百万人を超えるアフリカ人の遺骨が沈んでいる。

このような状況のなかで、サン＝ドマングの黒人奴隷たちは蜂起を企てた。彼らは、ナポレオンが派遣した精鋭軍隊を打ち破って、一八〇四年についに独立を勝ち取り、世界初の黒人共和国を建設した。アメリカ合衆国での奴隷制廃止（一八六五年）より六十年も前のことである。彼らが国名とした「ハイチ」は、先住民タイノ・アラワク族の言葉で「山の多い土地」という意味である。ハイチの人びとは、「自らの尊厳と同時に、絶滅させられた先住民の尊厳をも、その建国の大義とした」（浜）のだった。しかし、黒人共和国ハイチの前途は多難かつ苛酷であった。

その要因は多々あるが、まず、独立後、いびつなプランテーション体制のモノカルチャーを克服し、植民地化以前のような自給自足社会に戻すための栽培作物の転換がぜひとも必要であった。しかし、これは果たせず、砂糖、コーヒーなどの熱帯産品に特化した生産構造は変わらなかった。しかも、大同団結して共に独立を勝ち取ったあと、植民地時代にあったムラート主体の有色自由人と黒人奴隷の区別と力関係が払拭されないまま、新しい階層ヒエラルヒーが導入され、奴隷制さながらの国家権力による弱者支配が続き、それはやがて独裁政治の誕生へと繋がっていった。

自給自足の経済体制を構築することのできなかったハイチは自国の食料や衣料などの工業製品を外国に依存するしかなく、そのためには諸外国に独立国と認めてもらい、通商関係に入る必要があった。しかし、アメリカや周辺のラテンアメリカ諸国は「ハイチ型」の国家形成、つまり「有色人支配」を忌避し、独立国として承認することを拒否し続けた（アメリカはもちろん、自国で奴隷制を維持し、それにより莫大な利益をあげていたから、他国の奴隷解放を、ましてや解放奴隷による国家の建設を、認めるわけにはいかなかった）。そのためにハイチがやむなく選択した道は、旧宗主国フランスがハイチを独立国として承認する見返りとして求めた一億五千万フランという高額の賠償金を支払ってでも、独立国としての認知を得ることであった。奴隷として非道な扱いを受けてきた側が人道に対する罪を犯してきた抑圧者に賠償を求めるというのならともかく、奴隷の軛《くびき》を断ち切るために戦って勝利した側が、独立を認めてもらう代償として賠償金を支払うなどということは、およそ考えられないことであるし、後にも先にも類例を見ない。一億五千万フランは、実にハイチの十年分の歳入額、十年分の貿易純益に相当した（途中、総支払い額は九千万フランにまで減額された。支払い完了は五十八年後の一八八三年。しかもそれはフランスやアメリカからの、高率の利息が課せられた借款を繰り返して、ようやく達成された）。独立後のハイチの歴史は悲惨というほかないが、その元凶はこの法外な賠償金にあると言っても過言ではない。浜氏による「アメリカ合衆国、フランスおよびラテンアメリカ諸国との交渉過程の分析から得られる結論」は、「ハイチが『友好的隣国』とみたアメリカから承認を得られず、また、ラテンアメリカ諸国との提携の可能性が失われたことが、支払い能力を超える巨額の『賠償金』を支払ってまで旧宗主国フランスから独立を『買い取る』結果を生んだ」と指摘している。

ハイチとアメリカとの関係

アメリカは、ハイチの近・現代史に深く関わってきた。フランスが一八二五年、賠償金の支払いを受け入れたこととの見返りにハイチを承認した後も、アメリカは、ハイチとの貿易を続け利益を得ながら、「交易すれども承認せず」の態度を変えなかった。承認したのは、一八六二年、自国での奴隷制の終焉がほぼ確実となってからであった。浜氏は、ハイチは、「先駆的な黒人奴隷解放と独立という輝かしい歴史を持つ『にもかかわらず』極度の貧困に喘いでいる」というよりも「むしろ、レイシズムがいまだ高揚期にある時代にあっては、そのような先駆的な国であるがゆえに貧困化へと向かったと言わなければならない」と述べている。

アメリカによる第一次軍事占領は、一九一五年から一九三四年まで続いた。アメリカが公言した占領の名目は、「自治能力を欠く黒人に代わって秩序を回復する」「文明には非文明に介入する権利がある」というものであった。しかし、彼らの真の狙いは、ハイチに進出していたドイツ人の影響力を弱め、すでにハイチ政府との協定で獲得していた鉄道敷設権と鉄道沿線の土地の耕作権を土台にハイチを支配し、ひいてはパナマ運河とカリブ海地域における権益を確保することであった。アメリカは、キューバの独立に際して要求したプラット修正と同内容の条約をハイチとの間に締結して、保護領化した。また、新憲法を強制的に制定し、ハイチ議会の権限を大幅に縮減してアメリカ政府と占領軍の絶対的優越性を規定するとともに、一八〇五年のハイチ最初の憲法以来一貫して禁止されていた外国人の不動産所有を解禁し、アメリカ資本によるアグリビジネス企業を誘致し展開した。また、奴隷制さながらの強制労働徴用を行ない（『息吹、まなざし、記憶』の主人公の祖母の夫が強制労働中に死んだことが、本書に述べられている）、これに反撥し、抵抗運動を展開した農民数千人を処刑した。

一九五七年から一九八六年までの三十年間、ハイチはデュヴァリエ親子二代による独裁政治の下にあった（ダンティカはこの間にハイチに生まれ、育ち、アメリカへ出国した）。この恐怖政治の最大の理解者となったのがアメリカであった。巨額の経済援助を与え、軍事顧問団を派遣して陸海軍のみならずトントン・マクートにまでも訓練と助言を与えた。

独裁政権下にあった期間と米国による占領期間を除けば、毎年のように政変やクーデターが起こり、政情不安が常態となってきたハイチで、一九九〇年十二月、ハイチ史上初の民主的な選挙が行なわれ、「デュヴァリエ支持派とマクート勢力の一掃、社会的正義達成」を公約とし「ラヴァラス（浄化する激流）」をスローガンとするジャン＝ベルトラン・アリスティド神父が、民衆の圧倒的な支持を得て当選した。就任は、翌九一年二月七日であった。政権安定の鍵となる軍部と特権階級に和解と協調を呼びかけながら、汚職追放、税金の導入、司法制度の改善、麻薬の取り締まり、最低賃金の改定、農地解放などの民主改革に着手したアリスティドであったが、早や七カ月後の九月三十日にはクーデターが起き、失脚した。「来るべきものが来た——それが私の率直な感想で、あまり驚きもしなかった」と、フォトジャーナリスト佐藤文則氏は言う。反米左派のアリスティドが政権を取ったことを快く思わなかったアメリカ、富裕層、軍部等により、綿密に計画されて実行されたクーデターであった（佐藤氏によれば、軍は抗議する民衆をただちに鎮圧した。クーデター勃発から数日で千人以上が軍の凶弾の犠牲となり、証拠隠滅のためひそかに郊外に埋められたという）。

クーデター政権に対する国際的批判が高まるなか、一九九四年にアメリカは、国連安全保障理事会を動かしてハイチへの経済制裁とアメリカ軍を主力とする多国籍軍の創設を決議させて、ハイチを侵攻した（第二次軍事占領）。同年十月にアリスティドが帰国、約一年の残任期間の政権復帰を果たす。その後、プレヴァル政権一期を挟んで、二〇〇一年にアリスティドは二期目の政権に就いた。しかし、二〇〇四年に入って反政府武装勢力が主要都市を占拠し、首都への侵攻の構えをみせる緊迫した状況のなか、二月末、アリスティドは大統領を辞任し、再び出国した。ダンティカの伯父ジョセフは、この後も続く反政府武装勢力とシメールと呼ばれるアリスティド派の武装民兵の抗争に巻き込まれて、生命の危険を感じてハイチから逃れ、マイアミ国際空港で米国入国時に一時的亡命を求めて拒絶され、税関国境保護局に勾留されている間に亡くなった（その経緯は『愛するものたちへ、別れのとき』に詳しい）。ジョセフ伯父さんが（ダンティカ曰く「フライパンから逃げ出して火のなかに飛び込み」）亡くなったのは、ブッシュ政権下でのことであった。

佐藤文則氏は言う。「米国の長年にわたる外交政策がアリスティドを失脚に追い込んだことは、否定できない。／アリスティドが最初に失脚した一九九一年九月、当時の米国大統領はジョージ・ブッシュ、そして再び失脚した二〇〇四年二月時の米国大統領は息子のジョージ・W・ブッシュである。これは、ただの偶然であろうか。私には、そう思えない。／米国政府の反アリスティド政策は、共和党内で、そして父ブッシュから子へと、引き継がれてきたものだった。反米色の濃い発言を繰り返してきたアリスティドを『信用できない人物』と中傷した父ブッシュ。そして、現在のブッシュ政権の中枢を占めているのは、父ブッシュ政権下で働いていたスタッフである」。(『慟哭のハイチ』、二〇〇七、二五五〜二五六頁)

アリスティドが辞任と出国に追い込まれた二〇〇四年二月末のクーデターの直後に、言語学者・哲学者のノーム・チョムスキーは、「合衆国とハイチ」("US-Haiti")という、正鵠を射た、実に胸のすく一文を書いた。黒人奴隷の身分でありながら自由を求めるという大罪を犯したハイチに対するナポレオンの怒りと攻撃。同じ怒りと恐怖を抱いたがゆえの米国によるフランス支持。それによって暴露された、両国の革命が標榜した「自由」の意味するところの限界。底辺の民衆の草の根運動のうねりが生み出した、初の民主的選挙による大統領アリスティドに対するワシントンの嫌悪と、彼を排除するための数々の謀略。これらをすべて指摘したうえで、彼は言う。「今起こっていることは恐ろしい。もう修復はできないかもしれない。そして、関係者全員に多くの果たすべき責任がある。だが、米国とフランスがこれからなすべきことは明らかである。両国はハイチに莫大な賠償金を支払うことから始めるべきである(この点では、おそらくフランスのほうが米国よりもさらに偽善的で卑劣だ)」。

二〇〇四年六月に、国連安保理決議に基づく「国連ハイチ安定化ミッション(MINUSTAH)」が展開されたが、以来今日まで、ハイチはその管理下にある。「管理は政治・経済にも及ぶ。アメリカとIMFは対外債務返済のための政府支出の削減や国営企業の民営化などを内容とする構造調整プログラムを押しつけてきた。また、ウォルマートやディズニーなどアメリカの多国籍企業は、輸出向け組立工場（ラジオや鞄、ブラジャー、アメリカ大リーグが使用する野球ボール、ディズニーランドで売られるミッキーマウスやポカホンタスのパジャマなど）を作って労働者を時給十セント足らずの低賃金で搾取して利益を上げるなど、産業と天然資源を支配してきた。それらは事実上、アメリカによる植民地支配と言っても過言ではなく、ハイチの貧困がさらに広がり深まる要因となったのである」（浜）

外務省ＨＰによる、ハイチの基本情報は以下のとおりである。

①主要産業：農業（米、コーヒー豆、砂糖、バナナ、カカオ、マンゴー、トウモロコシ）、軽工業（繊維製品、軽電気、機械組立）
②ＧＮＩ：七〇億五〇〇〇万ドル（二〇一一年、世銀）
③一人当たりＧＮＩ：七〇〇ドル（二〇一一年、世銀）
④ＧＤＰ成長率：マイナス五・四％（二〇一〇年、ＥＣＬＡＣ）
⑤インフレ率：七・四％（二〇一一年、消費者物価比、ＩＭＦ）
⑥失業率：入手不能（訳者註：昨年十二月に来日したマーテリー大統領は「七十パーセントの失業率を改善するだけの大規模な雇用機会が必要」と力説し、日本企業の新規進出に期待を示した）
⑦総貿易額：（一）輸出＝七億五千百万ドル（二〇一一年　ＥＣＬＡＣ）、（二）輸入＝二五億一千六百万ドル（二〇一一年　ＥＣＬＡＣ）

⑧主要貿易品目：(一) 輸出＝衣類、加工品、カカオ、マンゴー、コーヒー、(二) 輸入＝食料品、加工品、機械・輸送機器、燃料、鉱物原料

以上のほかにも挙げておくべき情報としては、わずか一％といわれている森林残存率、低い就学率と識字率がある（識字率は二〇〇三年の推計で五二・九％、就学率は二〇〇四年一月の独立二百年記念式典でアリスティドが挙げた目標が、まず三年間で六七・八％から七二％へ、ゆくゆくは九五％へ、というものであった）。

ハイチは、どうしてこうも貧しいのだろう？という嘆息を、訳者はこれまで幾度となくもらしてきた。そしてそれは、「ハイチ人たちの自己責任だ」と答えて済ますことの許されない問いである。人類の歴史の中で、カリブは、コロンブスが到着する以前の歴史は無視されて、十五世紀末のいわゆる「地理上の発見」の時代に突如として世界史のなかに登場する。現在のフランスでは「サン＝ドマング」は、歴史教科書に記述はなく、欧州共通教科書として編纂された『ヨーロッパの歴史』でも、ハイチは、植民地建設の時代の記述に登場するが、独立史に関する記載はないということである（浜氏の指摘による）。訳者自身も含めて私たちは、多くの歴史の実際を知らされていない。ゆえに、知らないということ自体は恥でも罪でもないかもしれない。しかし、知ることは重要であり、その知識は私たちの禍福を左右するだろう。チョムスキーも、先の引用のあとに言う。「しかしながら、それが可能となるためには、本来の機能を果たす民主主義社会、

少なくとも人民が自国で何が起こっているのかを知ることだけはできる社会の建設が必須である」

ハイチの震災と日本の震災

二〇一〇年一月十二日、ハイチの首都ポルトープランスをマグニチュード七の地震が襲った。そのニュースは、衝撃的な映像とともに、日本にも届き、多くの日本人が初めてハイチという国を知り、被災した人びとに、たびたびの地震を経験してきた国民として深い同情と共感の思いを寄せた。当初死者数は、本書でダンティカも「二十万人以上」と述べているように、約二十二万人と報道されたが、現在は約三十二万人と言われている。被災者総数は約三百七十万人であり、三年以上が経過した現在でもなお約三十七万人がテント生活を続けている。

ハイチ大地震から一年二カ月後の二〇一一年三月十一日、東日本大震災が起こった。マグニチュードは九。日本周辺における観測史上最大の地震だ。この地震で発生した津波により、福島第一原子力発電所で炉心溶融《メルトダウン》が発生。大量の放射性物質の漏洩を伴う重大な原子力事故に発展した。震災発生直後の避難者は四十万人以上。二〇一三年五月時点でもまだ三十万人以上の被災者が故郷に戻れず、避難生活を続けている。死者・行方不明者は一万八千人以上に上っている。

ダンティカは本書に「これから先はずっと、地震以前のハイチと地震以後のハイチがあるのだ。そして、地震後のこれからは、私たちの読み方も書き方も、ハイチ国内でも国外でも、もう決して以前と同じではないだろう」と書いた。同じことは、日本の私たちにも言える。殊に、福島第一原発の事故を経験してしまった私たちには、これを境にこれまでとこれからが大きく異なるというだけではなく、三年前に逝った井上ひさし氏が「原発」についてつとに言っていたように、「もうこれまでのような『他人《ひと》は他人《ひと》、自分は自分』という生き方はできない」のだ。

日本におけるハイチへの関心と支援は時の経過につれて急速な下降線をたどり、大地震発生後国連平和維持活動（ＰＫＯ）に参加していた陸上自衛隊も、二〇一三年三月十五日にそのすべての活動を終了して、撤収した。しかし、ハイチの復興は遅々として進んでおらず、上述のように現在もまだ約三十七万人がテント生活をしている。さらに、相次ぐハリケーンが人びとの生活に大きな打撃を与えている（本文に「三千人が死亡して二十五万人が家を失った」と書かれている熱帯暴風雨ジーンでは、ドミニカ共和国とプエルトリコを足しても死者は三十数人だった。ハリケーンが大規模な被害をもたらすことはカリブ海諸国に共通に見られる現象だが、ハイチの場合、深刻な環境破壊のため、その被害はしばしば桁違いになる）。そして、生活自体が困難をきわめているのみでなく、衛生状態の悪化によりコレラや結核などの伝染病が蔓延している（大震災後、六十五万五千人以上がコレラに感染、八千人近くが死亡。国民の六十パーセントが結核に感染しているといわれる）。

自らが未曾有の大震災に見舞われた今、私たちのハイチへの関心は消えてしまったかに思える。しかし、共に大地震を経験したことで、ダンティカも確信しているように、むしろ両国民は互いに共感し、理解し合える存在になったはずだ。本書が、それを確認する場となってくれればと願う。

ディアスポラのハイチ人

米国に身を置き、ハイチ系アメリカ人としてハイチを描くダンティカにとっては、冒頭にも述べたように、「ディアスポラであること」が大きなテーマである。「ディアスポラ」（海外離散民）と呼ばれるハイチ人は、独裁政権による弾圧、政情不安、貧困などの理由で、北米やフランスなどへ移住している人たちだ。本書に出てくる人びとのように、ディアスポラたちは（ハイチの外で生きているすべてのハイチ人を結びつける漂う故国である）「第十番目の県」に居住しながら、消えることのない祖国ハイチへの熱い思いを胸に、今もハイチに住む家族や親族に海外から送金をして、彼らを支えている。「ディアスポラ」という用語は、イスラエル／パレスチナの外で離散して暮らすユダヤ人集団を指すのではない場合は、一般に他の国民・民族の離散定住集団を意味する。戦争と難民の世紀である二十世紀を経て二十一世紀に入った現在、人類は前世紀にはなかった規模のテロや自然災害に見舞われ、世界のさまざまな場所でさまざまな人びとが「ディアスポラ」というわば仮想の「国」の住民となって暮らしている。しかし、人口の五十四パーセントが一日一ドル以下、七十八パーセントが一日二ドル以下で暮らしている（二〇〇一年データ）「黒人の国」ハイチからのディアスポラの場合には、やはり、他に類を見ない独特のものがあるように思われる。

大西洋奴隷貿易のなかで、絶滅した先住民に代わる労働力として連れてこられたブラック・ディアスポラとしての定住の地から、本書にもある、また訳者も略述したような理由で（他のカリブ海の島々に先駆けて自由を勝ち取り、黒人の国を建設したという輝かしい事績のゆえに、白人超大国からの懲罰を受け、貧困のなかに押し込められてきた）、さらに離散していかざるをえなかったハイチのディアスポラたち。そのなかでも作家たちの仕事は、自国の歴史の、同胞たちの生き様の証言者として、ひたすら書くこと、書き残すことであり、それが、ダンティカが自らに課した使命である。先に引用した井上ひさしは物語の力を信じていた。それは、これまで生きてきた人びとの思いや経験を受けとめて作るもので、彼は、自分たち物語作家は「中継走者」だと考えていた。そして書いている。「わたしたちには、これまでに書かれた書物をできるだけ読破し、そういう努力の上になにかましなことを一つ二つ付け加えて、その書物の山を後世に伝えるという役目もあるのではないか。すなわち生命と同じように、智恵にもまた永遠の連続性があるのだ。書物を読むことで過去は、現在のうちによみがえる」（「朝日新聞」二〇一三年五月二十二日文化欄に引用された言葉）と。私たち読者は、その生み出され続ける膨大な書物の山のなかで、少しでも多く読む価値のある書物に出会う幸運を得たいものだが、本書を読まれる読者の方々は、きっと幸運な読者の一人となられるだろうと、訳者は確信している。

井上ひさしは、智恵には永遠の連続性があると言った。そうだとすれば、特定の人種や民族や国民の物語であっても、そこに宿る智恵には、特殊性を超えた普遍性があり、それは、人間の歴史が続くかぎり永遠に受け継がれていくべきもので、物語作家こそがその「中継走者」だ、ということだろう。智恵というのは、人が善く生きるための正しい知識だ。人種や民族や生きる場所はさまざまでも、人の世には人類全体の経験に通底する、あらゆる人の思いと行為の是非善悪・禍福を測る絶対の座標軸が、ひとことで言って、智恵の基たる絶対の真理があり、これだけは何がなんでも伝え続けていかなければならない、ということだ。その真理が、時空を超えて、物語の中に生きる人びとと読者を結びつける。そして私たちは理解する。この、人と人との間に本当のコンパッション（人の不幸／苦悩に対する共感／深い思いやり）を生む真理こそが、人を真実生かし、かつ活かすものなのだ。たとえ現実がこのうえなく悲惨で醜悪なものであったとしても、私たちがこのことをしっかり心に留めるとき、私たちは慰められ癒されていくだろうと。

そして、これからのこと

ダンティカの最新作は『海の光のクレア』（*Claire of the Sea Light*）で、本翻訳書と同じ二〇一三年八月に刊行される。海辺の町ヴィル・ローズを舞台に、漁師ノジアスと彼の一人娘クレア・リミエ・ランメ（海の光のクレア）、男手ひとつでクレアを育て上げる自信のないノジアスがクレアを養女にしてくれるようにと頼み続けている布地屋の店主、ガエル・カデット・ラヴォード夫人を中心に、町の人びとの人間模様を、ダンティカ特有の簡潔でリリカルな筆致で描いた、感動的な小説である。私はこの作品を、ゲラ刷りで読んだ。読み終えた私は、エドウィージに次のようなメールを出した。

「……私は今それを読み終えたところで、まだ深い感動に気持ちを静めることができずにいます。最後の数ページは泣きながら読みました。あまりにも深く心を動かされているので、その私の気持ちを伝える適切な言葉が（私の語彙不足のために）見つかりません。

実は私にはこの本を読み始める前から予感があったのですが、果たしてそのとおりに、この物語は私の心の最奥部にまで届き、深い感動を与えてくれました。この本を読む大多数の読者が同じ思いを経験するでしょう。私は、この本を読んで次のようなことを知ることができ、嬉しく思っています。悲惨と悲運はどこまでも私たちにつきまとうかもしれない、そして、私たちの必死の努力にもかかわらず、私たちの苦しみが現実に和《やわ》らぐことは少しもないかもしれない。でも、自分を勘定に入れない無私の愛と本当のコンパッションは、最後には私たちを救うだろう、ということを。これは、私たちがどこに住んでいるかにかかわりなく、万人に共通の真理だと思います。この本が私たちに教えてくれるのは、本当の幸せはどこにあるのかということです……」

そして、彼女から返信をもらった。「私にも、あなたにお礼を言うのに相応《ふさわ》しい言葉が見つかりません。思いやりのある言葉を、本当にどうもありがとう。とても深く心を動かされました。……感動的な言葉をどうもありがとう。……本当にありがとう」と。

ポルトープランスＡＰＦによると、「アリスティド元大統領が政界復帰を視野に入れ始めたようだ。亡命先から帰国し二年。首都ポルトープランスで（五月）八日、数千人規模の集会を開いた。大地震翌年の二〇一一年、亡命先の南アフリカから帰国した後は、教育活動に専念していた。しかし、八日の集会では群集に向かい『こうして会えることができて心の震えを感じた。ハイチの人びとと私の間には心の結びつきが存在する。これこそが大地震の傷を癒す』と演説。かつて『解放の神学』の神父として大衆を熱狂させた口調が戻ってきた。さらに、九日に会見し、自ら率いる政党が年内の上院選と地方選で『善戦する』と予告した（ハイチでは二〇一四年に下院選、二〇一五年に大統領選が行なわれる）」

アリスティドの熱意が本物だとしても、ハイチの政治の過去の展開を考えると、事はそうスムーズに運ぶとはとても思えない。単にゼロからのスタートではなく、大きなマイナスからのスタートとなる。至難の仕事だ。それでも、彼がこの難事に臨むならば、「ラヴァラス（浄化する激流）」が今度こそ本当にハイチの悪弊を洗い流し、浄化してくれると、希望をもって見守りたいと思う。

大地震直後に盛り上がりをみせたハイチ支援の動きは、ほぼ消滅した。直後に立ち上がった「ハイチ支援ネットワーク」は現在ほぼ開店休業状態だ。

それでも、一九九五年に活動開始した「ハイチ友の会」（山梨、会員約百名）や二〇〇三年からの「ハイチの会セスラ」（横浜、会員約五十名）など、地震以前からの支援活動は地道に着々と進められている。また、会員制ではないが、名古屋を拠点とする「ハイチの会」も一九八六年から息の長い活動を続けている。

本書の原題は、冒頭にも述べたように「危険を冒して創作せよ」である。しかし、本翻訳書では、強く訳者の心に響いた著者の言葉――本文中の「これから先はずっと、地震以前のハイチと地震以後のハイチがあるのだ。そして、地震後のこれからは、私たちの読み方も書き方も、ハイチ国内でも国外でも、もう決して以前と同じではないだろう」という先にも引用した言葉と、「日本の読者のための序文」の「みなさんが本書を楽しんでくださることを願います。ですが、私のいちばんの望みは、みなさんがこの本に心を動かされ、背中を押されて、みなさん自身の物語について考え、それを語ってくださることです。危険を冒して、ではなくとも、みなさんにできる方法で」というメッセージ――を書名に反映させることにした。また、少しでも読みやすく、との思いから、原書にない小見出しを付したことをお断りしておく。

本書を翻訳出版するにあたっては、今回も作品社の青木誠也氏にひとかたならぬお世話になった。ハイチ史の詳細については、浜忠雄氏の著書・論文（『カリブからの問い――ハイチ革命と近代世界』［二〇〇三、岩波書店］、『ハイチの栄光と苦難――世界初の黒人共和国の行方』［二〇〇七、刀水書房］、他）や一九八八年からハイチ取材を続けておられるフォトジャーナリスト佐藤文則氏の書物（『ハイチ　圧制を生き抜く人びと』［二〇〇三、岩波書店］、『慟哭のハイチ　現代史と庶民の生活』［二〇〇七、凱風社」、他）から多くを学ばせていただいた。フランス語の発音は、滝沢克己協会幹事で友人の前田保氏に、ハイチクレオール語の発音は佐藤文則氏にチェックをお願いし、お二人とも快くていねいに答えてくださった。みなさまには、この場を借りて、心よりの感謝の意を表します。そしてもちろん、エドウィージには、疑問・質問にていねいに答えてもらい、また今回も、前二作と同様、ぜひ日本の読者へのメッセージをとの私の願いに快く応えてくれて、心より感謝している。

そして最後に、夫と息子と娘と、昨年四月から同居している義母と、もういなくなってしまったけれど今は庭の一隅に眠っている愛犬の家族に、感謝です。

今回も、本書を手に取り、読んでくださるすべての方々にこの本を捧げます。

二〇一三年七月

佐川愛子

【著者・訳者略歴】

エドウィージ・ダンティカ (Edwidge Danticat)

1969年ハイチ生まれ。12歳のときニューヨークへ移住、ブルックリンのハイチ系アメリカ人コミュニティに暮らす。バーナード女子大学卒業、ブラウン大学大学院修了。94年、修士論文として書いた小説『息吹、まなざし、記憶 (*Breath, Eyes, Memory*)』でデビュー。少女時代の記憶に光を当てながら、歴史に翻弄されるハイチの人びとの暮らしや、苛酷な条件のもとで生き抜く女たちの心理を、リリカルで静謐な文体で描き出し、デビュー当時から大きな注目を集める。95年、短編集『クリック？　クラック！ (*Krik? Krak!*)』で全米図書賞最終候補、98年、『骨狩りのとき (*The Farming of Bones*)』で米国図書賞《アメリカン・ブックアワード》受賞、2007年、『愛するものたちへ、別れのとき (*Brother, I'm Dying*)』で全米批評家協会賞受賞。最新作は、13年8月刊行の*Claire of the Sea Light*。邦訳に、『骨狩りのとき』、『愛するものたちへ、別れのとき』(以上佐川愛子訳、作品社)、『アフター・ザ・ダンス』(くぼたのぞみ訳、現代企画室)、『クリック？　クラック！』(山本伸訳、五月書房)、『息吹、まなざし、記憶』(玉木幸子訳、DHC)、「葬送歌手」(立花英裕、星埜守之編『月光浴――ハイチ短篇集』所収、国書刊行会) など。

佐川愛子 (さがわ・あいこ)

1948年生まれ。女子栄養大学教授。共著書に松本昇、大崎ふみ子、行方均、高橋明子編『神の残した黒い穴を見つめて』(音羽書房鶴見書店)、三島淑臣監修『滝沢克己を語る』(春風社)、松本昇、君塚淳一、鵜殿えりか編『ハーストン、ウォーカー、モリスン――アフリカ系アメリカ人女性作家をつなぐ点と線』(南雲堂フェニックス)、風呂本惇子編『カリブの風――英語文学とその周辺』(鷹書房弓プレス)、関口功教授退任記念論文集編集委員会編『アメリカ黒人文学とその周辺』(南雲堂フェニックス) など。訳書にエドウィージ・ダンティカ『骨狩りのとき』、同『愛するものたちへ、別れのとき』(以上作品社)、共訳書にサンダー・L・ギルマン『「頭の良いユダヤ人」はいかにつくられたか』、フィリップ・ビューラン『ヒトラーとユダヤ人――悲劇の起源をめぐって』、デイヴィッド・コノリー『天使の博物誌』、ジョージ・スタイナー『ヒトラーの弁明――サンクリストバルへのA・Hの移送』(以上三交社) など。

地震以前の私たち、地震以後の私たち
それぞれの記憶よ、語れ

2013年8月25日初版第1刷印刷
2013年8月30日初版第1刷発行

著　者　エドウィージ・ダンティカ
訳　者　佐川愛子
発行者　髙木 有
発行所　株式会社作品社
〒102-0072 東京都千代田区飯田橋2-7-4
TEL.03-3262-9753　FAX.03-3262-9757
http://www.sakuhinsha.com
振替口座 00160-3-27183

編集担当　青木誠也
装　幀　水崎真奈美（BOTANICA）
装　画　Hector Hyppolite
本文組版　前田奈々
印刷・製本　シナノ印刷株式会社

ISBN978-4-86182-450-0 C0098

【作品社の本】

金原瑞人選オールタイム・ベストYA　**象使いティンの戦争**

シンシア・カドハタ著　代田亜香子訳

ベトナム高地の森にたたずむ静かな村で幸せな日々を送る少年象使いを突然襲った戦争の嵐。家族と引き離された彼は、愛する象を連れて森をさまよう……。日系のニューベリー賞作家シンシア・カドハタが、戦争の悲劇、家族の愛、少年の成長を鮮烈に描く力作長篇。　ISBN978-4-86182-439-5

金原瑞人選オールタイム・ベストYA　**ぼくの見つけた絶対値**

キャスリン・アースキン著　代田亜香子訳

数学者のパパは、中学生のぼくを将来エンジニアにしようと望んでいるけど、実はぼく、数学がまるで駄目。でも、この夏休み、ぼくは小さな町の人々を幸せにするすばらしいプロジェクトに取り組む〈エンジニア〉になった！　全米図書賞受賞作家による、笑いと感動の傑作YA小説。　ISBN978-4-86182-393-0

金原瑞人選オールタイム・ベストYA　**シーグと拳銃と黄金の謎**

マーカス・セジウィック著　小田原智美訳

すべてはゴールドラッシュに沸くアラスカで始まった！　酷寒の北極圏に暮らす一家を襲う恐怖と、それに立ち向かう少年の勇気を迫真の文体で描くYAサスペンス。カーネギー賞最終候補作・プリンツ賞オナーブック。

ISBN978-4-86182-371-8

金原瑞人選オールタイム・ベストYA　**ユミとソールの10か月**

クリスティーナ・ガルシア著　小田原智美訳

ときどき、なにもかも永遠に変わらなければいいのにって思うことない？　学校のオーケストラとパンクロックとサーフィンをこよなく愛する日系少女ユミ。大好きな祖父のソールが不治の病に侵されていると知ったとき、ユミは彼の口からその歩んできた人生の話を聞くことにした……。つらいときに前に進む勇気を与えてくれる物語。　ISBN978-4-86182-336-7

金原瑞人選オールタイム・ベストYA　**私は売られてきた**

パトリシア・マコーミック著　代田亜香子訳

貧困ゆえに、わずかな金でネパールの寒村からインドの町へと親に売られた13歳の少女。衝撃的な事実を描きながら、深い叙情性をたたえた感動の書。全米図書賞候補作、グスタフ・ハイネマン平和賞受賞作。　ISBN978-4-86182-281-0

【作品社の本】

金原瑞人選オールタイム・ベストYA　**希望《ホープ》のいる町**

ジョーン・バウアー著　中田香訳

ウェイトレスをしながら高校に通う少女が、名コックのおばさんと一緒に小さな町の町長選で正義感に燃えて大活躍。ニューベリー賞オナー賞に輝く、元気の出る小説。全国学校図書館協議会選定第43回夏休みの本（緑陰図書）。

ISBN978-4-86182-278-0

金原瑞人選オールタイム・ベストYA　**とむらう女**

ロレッタ・エルスワース著　代田亜香子訳

19世紀半ばの大草原地方を舞台に、母の死の悲しみを乗りこえ、死者をおくる仕事の大切な意味を見いだしていく少女の姿をこまやかに描く感動の物語。厚生労働省社会保障審議会推薦児童福祉文化財。

ISBN978-4-86182-267-4

人生は短く、欲望は果てなし

パトリック・ラペイル著　東浦弘樹、オリヴィエ・ビルマン訳

フェミナ賞受賞作！　妻を持つ身でありながら、不羈奔放なノーラに恋するフランス人翻訳家・ブレリオ。やはり同様にノーラに惹かれる、ロンドンで暮らすアメリカ人証券マン・マーフィー。英仏海峡をまたいでふたりの男の間を揺れ動く、運命の女《ファム・ファタール》。奇妙で魅力的な長篇恋愛譚。

ISBN978-4-86182-404-3

失われた時のカフェで　パトリック・モディアノ著　平中悠一訳

ルキ、それは美しい謎。現代フランス文学最高峰にしてベストセラー……。ヴェールに包まれた名匠の絶妙のナラション（語り）を、いまやわらかな日本語で――。あなたは彼女の謎を解けますか？　併録「『失われた時のカフェで』とパトリック・モディアノの世界」。ページを開けば、そこは、パリ。

ISBN978-4-86182-326-8

メアリー・スチュアート　アレクサンドル・デュマ著　田房直子訳

三度の不幸な結婚とたび重なる政争、十九年に及ぶ監禁生活の果てに、エリザベス一世に処刑されたスコットランド女王メアリー。悲劇の運命とカトリックの教えに殉じた、孤高の生と死。文豪大デュマの知られざる初期作品、本邦初訳。

ISBN978-4-86182-198-1

【作品社の本】

老ピノッキオ、ヴェネツィアに帰る

ロバート・クーヴァー著　斎藤兆史、上岡伸雄訳

晴れて人間となり、学問を修めて老境を迎えたピノッキオが、故郷ヴェネツィアでまたしても巻き起こす大騒動！　原作のオールスター・キャストでポストモダン文学の巨人が放つ、諧謔と知的刺激に満ち満ちた傑作長篇パロディ小説！

ISBN978-4-86182-399-2

蝶たちの時代　フリア・アルバレス著　青柳伸子訳

ドミニカ共和国反政府運動の象徴、ミラバル姉妹の生涯！　時の独裁者トルヒーリョへの抵抗運動の中心となり、命を落とした長女パトリア、三女ミネルバ、四女マリア・テレサと、ただひとり生き残った次女デデの四姉妹それぞれの視点から、その生い立ち、家族の絆、恋愛と結婚、そして闘いの行方までを濃密に描き出す、傑作長篇小説。全米批評家協会賞候補作、アメリカ国立芸術基金全国読書推進プログラム作品。

ISBN978-4-86182-405-0

老首長の国　ドリス・レッシング アフリカ小説集

ドリス・レッシング著　青柳伸子訳

自らが五歳から三十歳までを過ごしたアフリカの大地を舞台に、入植者と現地人との葛藤、古い入植者と新しい入植者の相克、巨大な自然を前にした人間の無力を、重厚な筆致で濃密に描き出す。ノーベル文学賞受賞作家の傑作小説集！

ISBN978-4-86182-180-6

話の終わり　リディア・デイヴィス著　岸本佐知子訳

年下の男との失われた愛の記憶を呼びさまし、それを小説に綴ろうとする女の情念を精緻きわまりない文章で描く。「アメリカ文学の静かな巨人」による傑作。『ほとんど記憶のない女』で日本の読者に衝撃をあたえたリディア・デイヴィス、待望の長編！

ISBN978-4-86182-305-3

幽霊　イーディス・ウォートン著　薗田美和子、山田晴子訳

アメリカを代表する女性作家イーディス・ウォートンによる、すべての「幽霊《ゴースト・》を感じる人《フィーラー》」のための、珠玉のゴースト・ストーリーズ。静謐で優美な、そして恐怖を湛えた極上の世界。

ISBN978-4-86182-133-2

【作品社の本】

骨狩りのとき　エドウィージ・ダンティカ著　佐川愛子訳

1937年、ドミニカ。姉妹同様に育った女主人には双子が産まれ、愛する男との結婚も間近。ささやかな充足に包まれて日々を暮らす彼女に訪れた、運命のとき。全米注目のハイチ系気鋭女性作家による傑作長篇。米国図書賞《アメリカン・ブックアワード》受賞作！

ISBN978-4-86182-308-4

愛するものたちへ、別れのとき

エドウィージ・ダンティカ著　佐川愛子訳

アメリカの、ハイチ系気鋭作家が語る、母国の貧困と圧政に翻弄された少女時代。愛する父と伯父の生と死。そして、新しい生命の誕生。感動の家族愛の物語。全米批評家協会賞受賞作！

ISBN978-4-86182-268-1

誕生日　カルロス・フエンテス著　八重樫克彦・八重樫由貴子訳

過去でありながら、未来でもある混沌の現在＝螺旋状の時間。家であり、町であり、一つの世界である場所＝流転する空間。自分自身であり、同時に他の誰もである存在＝互換しうる私。目眩めく迷宮の小説！『アウラ』をも凌駕する、メキシコの文豪による神妙の傑作。

ISBN978-4-86182-403-6

悪い娘《こ》の悪戯《いたずら》

マリオ・バルガス＝リョサ著　八重樫克彦・八重樫由貴子訳

50年代ペルー、60年代パリ、70年代ロンドン、80年代マドリッド、そして東京……。世界各地の大都市を舞台に、ひとりの男がひとりの女に捧げた、40年に及ぶ濃密かつ凄絶な愛の軌跡。ノーベル文学賞受賞作家が描き出す、あまりにも壮大な恋愛小説。

ISBN978-4-86182-361-9

チボの狂宴　マリオ・バルガス＝リョサ著　八重樫克彦・八重樫由貴子訳

1961年5月、ドミニカ共和国。31年に及ぶ圧政を敷いた稀代の独裁者、トゥルヒーリョの身に迫る暗殺計画。恐怖政治時代からその瞬間に至るまで、さらにその後の混乱する共和国の姿を、待ち伏せる暗殺者たち、トゥルヒーリョの腹心ら、排除された元腹心の娘、そしてトゥルヒーリョ自身など、さまざまな視点から複眼的に描き出す、圧倒的な大長篇小説！　2010年度ノーベル文学賞受賞！

ISBN978-4-86182-311-4